カタブツ警察官は天然な彼女を甘やかしたい

★

ルネッタⓁブックス

CONTENTS

Lunetta

【プロローグ】日菜子

あなたは誰なの？

快楽に白く蕩けていく思考で、そんなことを考える。

私を浴室の壁に押し付け、背後から獣《けもの》のように貪《むさぼ》る男を微《かす》かに振り返り見上げる。

端正で、真面目《まじめ》で、誠実そうなかんばせ。濡《ぬ》れ髪からぽたんと水滴がひとつ。

柔《やわ》らかな視線と目が合った。精悍《せいかん》な切れ長の目に、真摯《しんし》な光が灯る。嘘《うそ》なんかひとつもついたことのなさそうな、まっすぐな瞳。

そんな目をした彼は、私に嘘をついている。

したたかで、穏やかな笑顔を浮かべて。

それでも構わないと彼を食いしばって離さない私のことを、人は笑うだろうか？

騙されているとわかっていてなお、愛しているという気持ちが消えてくれない私を愚《おろ》かだとあわれむだろうか。

ぐちゅっ、と彼が動くたびに淫《みだ》らでとろついた水音が溢れる。

浴室に籠《こ》もるのは、靄《もや》のような湯気とお互いを求める湿度の高い熱情、そして荒い呼吸の音だけ。

「あ、ぁ……」

自分から出ているとは思えない、甘えたあえかな声が浴室に響く。なだめるように彼の節《ふし》が張った、男性らしい指先が私の唇を割り、舌先をとらえる。可愛《かわい》がる仕草《しぐさ》で彼は私の舌を弄《いじ》った。私は陶然《とうぜん》と、彼に教え込まれたとおりにその指に舌を絡ませ、丹念に舐《な》め上げ、ちゅうっと吸う。

その間も、私のナカを苛《さいな》む彼の律動は止まない。彼の硬い熱が出入りするたび、耳を覆《おお》いたくなるあさましく淫らな音がする。

「日菜子《ひなこ》」

私を呼ぶ声は、どこまでも甘く優しい。低くて少し掠《かす》れていて、きっと鋭《するど》くすればいくらでもそうなる声なのに、私に向けられるのはいつもくすぐってくるような、そんな声音だ。

そんな声で、彼は私に嘘をつく。

――ついて、きた。

出会ってからずっと。ううん、もしかしたら出会う前から。

「鷹和《たかかず》さ……ぁんっ」

ごりっと最奥を彼の肉ばった先端が抉《えぐ》る。目の前が白くスパークするような、そんな絶頂。

快楽から逃れようとするも、彼にかき抱くように腕に閉じ込められ、無理やりに一番奥まで
何度も突き上げられる。

「ぁ、ダメ、イってる……！」

強烈な快感に足をばたつかせた。けれど彼の逞《たくま》しい腕はびくともしない。ズルズルと私の蕩け切った肉襞を擦り彼の屹立が動く。うねり痙攣《けいれん》し収縮を繰り返す私のナカ、でも彼は抽送をやめてくれない。

「鷹和さ……っ、イってる、の。止まって……っ！」

半泣きの声に鷹和さんは低く、それでいて優しく笑う。

「ん、知ってる。可愛い」

「やめ、ぁあっ」

「でももう少しがんばろう、な」

そう言って彼は最奥をぐりぐりと抉ってくる。悲鳴じみた嬌声《きょうせい》を、なんとか必死で小声に抑えた。涎《よだれ》のように肉襞から零《こぼ》れ落ちていく温い水が、とろとろと太ももを伝って落ちていく。

「可愛い。日菜子、好きだ」

嘘つきな彼はそう言って、私の首筋に吸い付く。甘噛《が》みして強く吸い、そうしてそこを舐めてまた優しく吸い上げる。

所有の鬱血《うっけつ》を、いくつも彼は私につける。隠すのが大変だからと文句を言っても、彼はこの癖《くせ》をやめなかった。

そして彼の胸には、私のつけた覚えのない鬱血の跡《あと》がひとつ。

私の頬に軽くキスしてから、離れていく唇の体温に、胸が痛んだ。離れないでと縋《すが》りたくなる。けれどそんな感情とは裏腹に、身体からはがくんと力が抜けた。

「は、ぁ……」

半分脱力した私を支え直し、鷹和さんは律動を激しくする。

「だ、めっ。声出ちゃう……っ」

必死で訴える私の口を、彼は唇ごと食べるようにキスで塞《ふさ》ぐ。そうして乳房を揉《も》みしだき、芯を持ち勃《た》ち上がったその先端を指で弾《はじ》く。

「ん、んんっ、んん……！」

喘《あえ》ぎ声ごと彼の口に消えていく。分厚い彼の舌が私の唇をこじ開け、口内を蹂躙《じゅうりん》していく。上顎を舐められ舌を擦り合わされ、頬の粘膜を丹念に舐め取られる。

ぎゅっと少し強く乳房の先端を摘まれ、思わず目を見開いた。零れた声は言葉どころかまともな発音になっていない。舌を甘噛みされ、胸を弄《まさぐ》られ、肉襞ひとつひとつを屹立の先端で丁寧に擦られ、最奥を突き上げられ――……ぽろりと涙がひとつ、零れた。

このままだと、何か、変なイき方しちゃう。

そう思うのに、快楽に絡め取られた身体はうまく動いてくれない。ただ快楽を教え込まれ与えられ揺さぶられるだけの、あさましく発情した身体。離れていく唇と、掴《つか》みなおされた腰。身体がシャワーで濡れているせいか、腰と腰が当たる音がひどく大きい気がした。

「日菜子、日菜子……愛してる」

彼の動きが激しくなる。抜かれる寸前まで腰を引かれたかと思えば、一気に最奥まで貫いてくる。その動きを激しく速く繰り返され、ずちゅずちゅと粘膜が蕩ける音がする。

ナカの粘膜がひくついて、ひどくうねる。痙攣を繰り返し、彼を食いしばり締め付け、蕩け落ちながら、電流みたいな快楽に足の指までも力が籠もった。

私から零れた温い水が、太ももをぼたぼたと伝い、信じられない量の淫らな液体が溢れていく。

「あ、あ……」

指先まで痺《しび》れて、もう何も思考できていない。呼吸のたびに、ひゅうひゅうと音が鳴った。

私のナカで、彼は薄い被膜越しに欲を吐《は》き出す。どくんどくんと震える屹立に、それにすら快楽を拾い甘くイってしまう自分が怖い。

彼がどんなに嘘つきでも、絶対に手放してあげたりしないと思う自分が怖い。
ゆっくり、優しく、慈《いつく》しみ深く、鷹和さんが私を抱き締める。
この陽だまりみたいな温もりを失うくらいなら、私は一生騙されていたっていい。
騙されているふりをしてあげる。
そう思いながら私は微笑《ほほえ》み、彼を見上げた。
鷹和さんは幸せそうに頬を緩める。
本当にしたたかなのは、私のほうなのかもしれなかった。

【一章】日菜子

ついてない。

いや、ついてないなんて言葉じゃ足りないだろう。

だって銀行強盗されてる。

横浜《よこはま》にある、小さな地方銀行のカウンター内で、私は両手を上げて小さく震えていた。私の横で手を上げている係長が、こっそりと警察への発報ボタンを押してから約十分。

犯人の指示で閉じたブラインドの隙間からは、うまく店外が見えなかった。

警察は動いてくれているのだろうか?

カウンターの向こう、いくつか並んだ簡素なビニール張りのソファでは、数人のお客様が顔色をなくして私たち行員同様に手を上げていた。ひと組、幼い男の子を連れた親子もいる。

マニュアル的には「抵抗するな、現金の要求にはできるだけ答えるように、人命優先」となっていた。

そのため犯人が用意したボストンバッグに、必死で一万円札を詰め込んでいるところだ。番号控え済みの、強盗用のお札《さつ》だったけれど。

「ぅおらぁクソどもが、いいよなあ、てめえらは金があってよお！」

犯人の男は、人質にしている白髪の女性の頭を包丁の柄《つか》で小突く。ひぃっと悲鳴を上げる女性は、カウンター常連のおばあちゃんだ。少ない年金をやりくりして、遠くに住む苦学生のお孫さんへ仕送りをしていた。

「お前らみたいな老害がよぉ、金をチューチュー吸って貯め込んでるせいでオレら若い世代に金が回ってこねえんだろうが、えぇ!?」

おばあちゃんはガクガクと震えながら何も言えずにいる。

それのどこに犯人が苛《いら》ついたのか、おばあちゃんをさらに柄で小突こうとした瞬間、私は「あのっ」と声を上げていた。

「あ？」

犯人が眉を上げて私を睥睨《へいげい》する。ごくっと生唾を飲み込んだ。背中を冷や汗が伝う。口の中はカラカラだった。

「私、代わりますっ。お客様に手を上げないで」

なんとかそう告げると、横の席で係長が「折口《おりぐち》さんっ」と悲鳴じみた声で私を呼ぶ。

他人からすれば「馬鹿じゃないのか」と笑ってしまう行動なのかもしれない。黙っておとなしくしていれば、いずれは助けがくるだろうにと。

ただ、私は彼の瞳を思い出しただけだ。

幼い頃、見知らぬ男に連れ去られそうになった私を庇《かば》ってくれた男の子の、強い双眸《そうぼう》。

彼の小さな手は震えていた。

それでも彼の瞳は強く犯人を睨《にら》んでいて――

そんな男の子に助けられた。かっこいいと思った。

だから、彼に恥じない人間でいたい。

かつて誰かに助けられたのならば、……今度は私の番だ。

震えながら背筋を伸ばす。

犯人は私をじろじろと眺《なが》めたあと、ニヤリと笑って「おー、いいぞ」と顎をしゃくった。こっちに来い、という意味なのだろう。

私は震える足で立ち上がり、カウンターを出て犯人とおばあちゃんの前に立った。犯人はおばあちゃんの背中を押し、同時に私を右腕で抱えるように背後に立つ。

こんなときなのに「なんていうか、ものすごく人質らしいポーズだな」と頭のどこかで考えた。人質といえばこの姿勢、みたいなお手本になれそうな立ち姿だ。

おそらくは首の左側に当てられた包丁の刃に対する現実逃避なのだろう。ぼんやりと「この人、左利きなんだな」なんてことまで考えてしまう。

犯人に押されてこけたおばあちゃんを、別のお客様が助けあげてソファに座らせる。

「しっかし、まー、正義感に満ち満ちてるよなあ。それとも職業意識？」

犯人は嘲《あざけ》る口調で言いながら、私の肌に軽く刃を当てたり外したりを繰り返す。

少しでも動けば切れてしまう。

恐怖で喉に蓋《ふた》をされたかのようにうまく呼吸ができない。けれどちゃんと息をしないと、動いてしまって怪我《けが》をしてしまいそうだ――いや、怪我で済めばまだいいのかもしれない。舌の根が震えた。

「おい、答えろよ」

犯人が包丁の柄でゴツッと私のこめかみの上を小突いた。

「――っ！」

痛みと同時に、首から包丁が離れたことに安堵してしまう。つうっとこめかみを何かが落ちる。眼球だけを動かすと、肩に血がぽたりと落ちていくのが見えた。

なんとか悲鳴を呑《の》み込んだそこに幼い声がかかる。

「おいっ！　はんにんっ！」

「っ、こら……っ！」

ソファ席で立ち上がっていたのは、五歳くらいの男の子だ。震えながらも眉を吊《つ》り上げ、怒りに満ちた顔つきだった。お母さんが慌ててなだめようとしている。

「はんにん！　悪いことすると、警察につかまるんだからな！」

「ガキがうるせえ。黙らせろよ母親ァ！」

「す、すみませんすみません。座って、お願い、座って」

男の子は黙って犯人を睨みつける。犯人が舌打ちをした。

――ダメ！

「っ、こ、子供の言うことですからっ」

慌てて私もそう言葉にするけれど、犯人はイライラと荒く息をして威嚇《いかく》するように包丁を高く振り上げた。

「うるせえ！」

犯人は私を抱え込んだまま、歩き出す。包丁も振り上げたままだ。悲鳴が行内をこだました。

それが余計に犯人の気に障ったのか、苛《いら》つきが増したのがわかる。

男の子はぐっと犯人を睨み続けていた。

「ガキだからって容赦しねえぞ‼」

犯人が包丁を男の子に向かって振り下ろそうと腕を動かす。お母さんが半狂乱で男の子を腕の中に庇う。

「ダメ――……っ！」

ほとんど咄嗟《とっさ》の行動だった。なんとか止めなきゃ、それしか頭になかった。

犯人の腕の中で暴れた私の腕が、犯人の肘の内側に入る。包丁の軌道が逸《そ》れて、ソファに突き刺さった。犯人がそれを抜こうとした瞬間、半分パニックで暴れていた私の肘が、少し屈《かが》んだ犯人の顎にヒットする。顎の骨に当たり、じぃん……と肘が痺《しび》れた。

「いった……」

思わず肘を手で押さえたのと、犯人が崩れ落ち始めるのとは同時だった。

「……あれ？」

スローモーションのように倒れていく犯人を見つめながら、そういえばと思い出す。

いまでこそ警察官なんて仕事をしている元ヤンなお兄ちゃんが言っていたことがある。

『いいか日菜子《ひなこ》、いざとなったら顎に思い切り頭突きしろ』

頭突《ずつ》き……とまではいかないまでも、ラッキーなことに、たまたま、偶然、肘が犯人の顎を突き上げた。それも先端を掠《かす》めるように。

この殴り方をされると、首を支点にテコの原理で脳が揺らされ失神してしまうことがあるのだと、喧嘩《けんか》に明け暮れていたお兄ちゃんが言っていた。

そんなことを思い出している私の目の前の窓ガラスが、突如《とつじょ》として大きな音とともに粉々に割れる。割れたかと思えば全身黒ずくめの男の人たちが一気に雪崩《なだ》れ込んできて、床に倒れ伏している犯人を取り押さえた。

「もう大丈夫です！　警察です！」

私の肩を誰かが優しく抱いた。呆然《ぼうぜん》と頷《うなず》く私の視線の先で、さっきの男の子がソファの上に立ち上がり、キラキラとした瞳で私を見つめて叫《さけ》ぶ。

「すっげー！　お姉ちゃん、つよーい！」


銀行強盗をエルボー一発で倒した女、という異名を得てしまった私が銀行業務に復帰したのは、それから約二週間後のことだった。

「……折口さん、大丈夫？」

カウンターに座り、お客様のほうを見つめて固まっていた私に、係長が声をかける。

「え、あ、はい、大丈夫です」

「大丈夫じゃないよね……顔色、変だよ」

「そんな」

反射的に頬に手をやりながら、一生懸命に笑顔を浮かべた。

カウンターの向こう、いつもの待合ロビーはすっかり雰囲気《ふんいき》が変わっている。

真新しい窓ガラスも、ちょっと高級感のある黒に変更になった合皮張りのソファも、上品な鉢植えも、どれもこれも前とは違う支店みたいだ。警備員さんだって増員されている。きっともう怖いことは何も起きない。

……なのに、どうしていまさらになって恐怖が湧いてくるのだろう。指先が冷たくなって震えていた。

結局、復帰一日目から早退することになり、ため息を吐《つ》きつつ裏口を出る。まだ午前中の春の空を見上げれば、滲《にじ》む水彩のような青。

「情けない……」

呟《つぶや》きながら、自分の首を押さえる。包丁の刃先が触れていた部分だ。ときどき、ここがゾワゾワして鳥肌が立つ。

事件直後は、むしろ平気だった。心配して病室に駆けつけた両親やお兄ちゃんに、どうやって強盗を倒したのかまで身振り手振りを交えて説明できたくらいだ。アドレナリンが出ていたのだと思う。

けれど時間が経ち落ち着くにつれて、興奮は恐怖へと置き換わった。

もし、あのとき男の子に包丁が届いていたら。

ううん、その前に私の首をあの刃先が切り裂いていたら？

私はきっとここにはいない。

ドッと変な汗が出て、カバンから震える手でハンカチを引っ張りだす。なかなか見つからなくて変にカバンの中を引っ掻《か》き回してしまった。

「はあ……」

こめかみの汗を拭《ぬぐ》って再びため息を吐き、横断歩道を渡ろうと一歩足を踏み出す――その瞬間、バッと誰かが私を背後から羽交《はが》い締めにした。

「きゃあっ!?」

背筋が凍るような恐怖に身体を強張《こわば》らせた私の目の前を、猛スピードで車が通過していく。

「危ないな、あの車」

頭の上から降ってきた、低くて掠れた男の人の声。恐る恐る見上げると、すごく高いところに精悍《せいかん》な眼差《まなざ》しがあった。

「大丈夫ですか？」

ぽかんとしている私から身体を離し、その男性は気づかわしげに眉を下げた。

優しい仕草《しぐさ》だったのに、ついびくっと肩を揺らしてしまったのは――あの事件以来、男性に対して恐怖心を抱いてしまっているからだろう。

「突然すみません、車がスピードを落とさず左折してきたのが見えて、咄嗟に」

慌てたように男性は私から手を離し、真摯《しんし》な姿勢でそう教えてくれる。

「は、はい」

彼の言葉にそんな間抜けな返事をしてから、ようやく頭が働く。

つまり私、この人に助けられたってことだ……！

「あ、わ、す、すみません！　ありがとうございました」

慌ててお礼を言うと、その男性は「いえ」と頬を緩めた。

優しそうな人だなあ、と思う。私より少しだけ年上に見える。二十代後半くらいだろうか。

背が高いし顔つきもきりっとしているけれど、表情は柔和だ。

なんとなく、小学校の先生や交番のお巡りさんなんかをイメージさせる人だった。

「こちらこそ、驚かせてすみません。……あと、これ」

男性が私に差し出したのは、ベージュに花柄のキーケース。見覚えがある……も何も、私のだ。

「さっきそこで落とされたので、追いかけてきたら車が曲がってくるのが見えて」

手のひらにキーケースを載せられる。私に触れないように気をつけてくれているのがわかった。

いまさらながら、さっき怯《おび》えた仕草をしてしまったことは失礼じゃなかったかな、なんて頭をよぎる。彼は命の恩人なのに……

私はとにかく「すみませんすみません」とぴょこぴょこと何度も頭を下げた。キーケースはハンカチを出したときに落としたのだろうと思う。

「なんかほんとご迷惑おかけして……っ」

「いえ……その、大丈夫ですか？」

男性の声が微《かす》かに硬い。首を傾《かし》げようとして、指先が震えているのに気がつく。

「あ……」

私は笑おうとして、少し失敗する。きっと私は、あの強盗事件以来、いっぱいいっぱいだったのだろう。車に轢《ひ》かれかけた恐怖がいまになって襲ってきて、震えが止まらない。

「あ、あはは……大丈夫、大丈夫です」

「大丈夫には見えません。ご自宅は？　ご家族に連絡を取りましょうか」

男性は精悍な眉目を心配で曇らせて私を見下ろしている。私はぼんやりと彼を見上げ、その眼差しに安堵した。

どうしてだろう、この人に見守られていると思うと、すごく安心する。

会ったことはないはずなのに——その視線を知っている、そんな気がした。

だからだろう、初対面の彼にものすごく図々《ずうずう》しいお願いをしてしまったのは――……。

「本当にすみません。すぐに落ち着くと思うので、少しだけ一緒にいてもらえませんか？」

初対面の女にいきなりそんなことを頼まれたにも拘《かか》わらず、その男性……佐野鷹和《さのたかかず》さんは快く承諾してくれた。

駅前のチェーン店のカフェ、奥まったソファ席で温かなカフェラテを飲んでいると、ゆっくりと恐怖が和らいでいく。

「引っ越しされたんですか」

「そうなんです。それで今日は有休を取っていて」

佐野さんがホットコーヒーを飲みながら穏やかに笑う。

なんでも、いままで住んでいた職場の寮が耐震工事をすることになり、しばらく横浜市内――といっても赤レンガ倉庫や観光施設がある繁華な場所からはそこそこ離れた住宅街――に越してきたところらしい。最寄り駅を聞いて驚いた。

「え、同じです」

佐野さんは目を丸くしてホットコーヒーをソーサーに置いた。

「ご近所さんかもしれないですね」

あのあたりは横浜市内とはいえ、横浜駅から徒歩圏内でも、お手頃価格で十分にひとり暮らしできるエリアだった。

「そうですね。もしまたお会いしたら、よろしくお願いします」

佐野さんは微かに頬を緩める。社交辞令に決まってるのに、妙にドキドキしてしまう。

というか、引っ越し、引っ越しかあ……って！

「す、すみません。お忙しいですよね……!? ごめんなさい、妙なことに付き合わせてしまって」

「いえ、業者が来るのが十四時過ぎなので、まだ余裕はあるんです」

佐野さんはやっぱり穏やかに笑ってくれた。

ああ、なんかほんと申し訳ない……

「折口さんは……お仕事は？」

軽く探る目線を向けられる。疑問に思いつつ「実は」と眉を下げた。

「早退してしまって」

「……ご体調が？　そういえば、さっき横断歩道の前でもふらふらとされていましたよね」

「あ、そう……でしたか？」

傍《はた》から見てもわかるほどだと、気がついていなかった。命を助けてもらったのだ、事情くらいは説明するべきだろう。

「あの……この近くの地銀で、銀行強盗があったのをご存じですか?」

「はい」

佐野さんが頷き、ほんの刹那《せつな》、目線を私の首元に向けた。左側、強盗に包丁を突きつけられていたあたりに。

視線にちりっと熱量を覚える。

一瞬彼が私が人質だったというのを知っているような気がして、内心で打ち消す。まさかそんなはずない。

佐野さんは真剣な表情で私の言葉の続きを待っていた。

「それで、あの……私、そこの行員なんですけど、まんまと人質にされちゃって。あはは」

コーヒーカップを弄《いじ》りながら言う。

「っていってもですね、私、その強盗倒しちゃったんですけどねー。こう、エルボーで、ゴチンっと。強いでしょ、私」

肘を曲げて身振りを加えて冗談めかして言うけれど、佐野さんはぐっと眉間を強く寄せて、無言で私を見つめ続けている。

その佐野さんを「はは……」と空虚《くうきょ》に笑いながら見返す。

佐野さんはまるで、申し訳ないと思っているかのような、そんな表情を浮かべていた。悔恨さえ含んでいるような……

「あ、あの、その」

困惑して慌てて目を瞬《またた》くと、ハッと佐野さんは表情を緩めて眉を下げた。

「すみません。大変でしたね」

「あ、いえ……」

目線をカフェラテに落とし、ひとくち飲んでからまた口を開く。

「その事件のあとお休みをいただいて、今日は久しぶりの出勤だったんです。平気なつもりだったんですけど……なんか思っていたより、そんなことなくて。情けないです」

「そんなことない。怖くて当たり前です。あんな目に遭って平気でいられるほうが変だ」

「ですかねー……」

私は苦笑しながら首を撫《な》でる。佐野さんはなぜだか辛《つら》そうにぐっと眉を寄せ、それから「歌を」と呟いた。

「歌を歌うと、いいらしいです。……その、ＰＴＳＤの治療には」

「ＰＴＳＤ？」

聞いたことはあるけれど、なんだっけ……

佐野さんは「心的外傷後ストレス障害のことです」と教えてくれた。

「ええっ、私、そんな大変なものではないと思います、きっと」

「俺もそう詳しくはないので断言はできません。ただ、似たような症状なのではと思います」

「そうでしょうか……」

戸惑う私に、佐野さんは頷く。

「歌を歌ったり、人と話したりするのも治療の一環となるそうです」

「人と話したり？　それなら、佐野さんがいま治療してくださっているようなものですね」

「え？　ああ、そうかも……そうなのか？」

首を捻《ひね》る佐野さんは、思った以上に可愛《かわい》い雰囲気だ。犬でいうとラブラドール・レトリーバーだな、なんて勝手に思って小さく笑ってしまう。

向けられた不思議そうな視線に、慌てて「あの、違うんです」なんて、何が違うんだか自分でもわからない言い訳を口にする。

「佐野さん、かっこいいのに案外可愛らしい雰囲気の方なんだなあって」

慌てついでにぽろりと漏《も》れた本音に佐野さんは目を丸くして、それからぶわっと顔を赤くした。それを見てドキッとしてしまう。

さ、佐野さん、照れ屋さんなのかな……！

かなりモテそうなのに案外とピュアな人なのかな、なんて感想まで抱いてしまう。それくらい真っ赤だった。なんかこっちまで照れてしまう。

「い、いえ、そんな。俺なんか……！　図体《ずうたい》ばっかりでかくなって可愛さのかけらもないって、母や姉には言われますし」

「佐野さん、ぽいです。お姉さんいらっしゃる雰囲気です」

「そうですか？」

きょとんと佐野さんは前髪を小さく弄る。やっぱりまだ照れているらしいし、そんな仕草がやけに可愛らしく映った。

「私は粗暴な兄しかいないので、お姉さんがいるの、すごくうらやましいです」

「うーん、仲はいいですが、姉もなかなか乱暴ですよ。負けず嫌いな人で、小さい頃から色々と勝負させられてきました」

そう言って佐野さんは柔らかく目を細める。

なんて優しそうな人なんだろう。ううん、実際とても優しい。鍵を拾ってくれたし、車からも守ってくれて……その上、話していてとても落ち着けた。

佐野さんが合わせてくれたのだろうけれど、ついつい会話も弾《はず》む。佐野さんは二十七歳で、私よりふたつ年上。もともとは栃木《とちぎ》の、彼曰《いわ》く「とっても山奥」出身。小学生のときにお母様のご実家がある鎌倉《かまくら》に引っ越してきたそうだ。

「いまも祖父母は栃木で暮らしていて。山だから水も綺麗《きれい》で、夏休みに遊びに行ったときはよく川魚を釣《つ》って遊んでいました」

「えー、いいな」

行ってみたい、と口にしかけて慌てて呑み込んだ。社交辞令と取られるかもだけど、半ば本気だし……なんて思って、自分でも疑問に思う。

なんで半ば本気なの、私。佐野さん、引いちゃうでしょ……

ふと黙ってしまった誤魔化《ごまか》しついでにスマホの時刻を見る。

佐野さんの引っ越し業者さんが来る十四時が近づいていた。電車の時間を考えると、もう出なくてはいけない。

「あの、佐野さん。時間が……」

「ああ、もうそんな時間ですか」

佐野さんは腕時計を見たあと、眉を下げて優しく笑う。

「なんだか折口さんと話してると、時間が一瞬でした。楽しかったな……」

そんなふうに言ってもらえると思ってなくて、ぽかんとして彼を見返すと、佐野さんはハッとしたあとに一気に頬どころか首まで真っ赤にして「あのその」と両手を振った。

「す、すみません。折口さんは体調が悪くて仕方なく俺といただけなのに……！」

「えっ、し、仕方なくとかじゃないですっ。その、私も楽しかった、です……」

俯《うつむ》き加減にそう答えてから、思い切って顔を上げる。

「事件以来、あんまり楽しいとか嬉《うれ》しいとか感じられてなかったんです。でも、佐野さんといると、その、あの、楽しかったです」

顔を上げ素直な感情を話してみたはいいものの、着地点が全くわからない。

結局、ふたりしてお互い照れ合いながらカフェを出て歩き始める。

初対面の男性と、一体なんなんでしょう、これ。

最寄り駅も同じなら、と一緒に電車に乗って約二十分。改札を出たところで佐野さんはやっぱり穏やかに微笑む。

「折口さん、よければ家まで送らせてもらえませんか」

「でも引っ越し屋さんが……」

「まだ少し時間の余裕もありますし。どちらのほうですか？」

「ええっと、大きい公園あるの、わかりますか？」

草野球場なんかもある大きな公園の名前を出すと、佐野さんは目を丸くした。なんかきゅんとしてしまう。

「あの、俺の家もそのあたりです」

「ほ、本当ですか？　じゃあその、送ってもらうっていうか、よければ一緒に……」

佐野さんを見上げると、思ったより近くに彼の身体があってつい頬を熱くする。佐野さんも目元が赤い。目を瞬いて、同じタイミングで目を逸らした。

わあ何これ、なんなのこれ、中学生の恋愛みたい……って、私は件《くだん》の粗暴な兄のせいで、これまで恋人なんかできたことなかったのだけれど。

とりとめのない話をしながらしばらく歩き、公園が見えてきたところで佐野さんが低層マンションを指さす。

「あそこです、俺の家」

「え」

つい、ぽかんとした。

「私もです……」

「え？」

「私も同じマンションです」

駅近の割に、築年数があるせいかお値段も控えめで、でも去年リフォームしたばかりだから新築みたいで気に入って、お兄ちゃんの猛反対を押し切り実家から越してきたばかりの賃貸マンション。

そのマンションから目線を彼に戻すと、佐野さんもぽかんとしていた。思わず噴《ふ》き出す。

「あはは、こんな偶然あります？」

「……あのその、俺、違うんです」

佐野さんはなぜかものすごく焦《あせ》っていた。

「決してあの、折口さんのストーカーとかそんなわけでは、あの、偶然で」

大慌てで弁明している佐野さんを見て、余計に笑いが零《こぼ》れてしまう。

「わかってますよ！　まだ知り合って数時間ですけど、佐野さんがそんな人じゃないのはわかります」

「本当ですか」

良かったです、と佐野さんが肩から力を抜き、それから軽く首を傾げた。精悍な見た目なのに雰囲気が柔らかいせいか、そんな仕草がやけに似合う。

「ではあの、よければ……またお茶でもしませんか」

え、と彼を見上げると、佐野さんはまた頬を赤くして「あの、えっと」と言ったあと私に右手を差し出す。

「ご近所友達として、的な……？」

「あっはい、もちろん、もちろんです！」

私はドキドキしながら彼の手を握り返す。温かくて大きな手だった。節張った指、手のひらはところどころ豆になっている。筋肉がついている、とわかるほど分厚い手のひらだった。

お仕事の関係だろうか。

そんなふうに思いつつ、そっと手を離す。

心臓が口から飛び出そう。私の手、汗でべたってしてなかったかな。

佐野さんは相変わらず人の良さそうな顔をしてにこにこしている。頬が赤いのはきっとお互いさまだ。

マンションのエントランスを入り、エレベーターのボタンを押す。佐野さんが先に入り、ドアを開いていてくれる。レディーファーストというより、人の良さからそんな仕草が身についているのだと思う。

「何階ですか？」

にこやかに私を見下ろす佐野さんに「五階です」と会釈する。佐野さんは目を瞬いて、「5」を押しながら広い背中を縮こませた。

「本当に……俺、ストーカーではないんです」

「ど、どうしたんですか佐野さん？」

「俺も五階です。５０８……」

「え、私、５０７です」

ものすごい偶然に目を丸くして、でもなんだかとても嬉しくてぺらぺらと続ける。

「てことは、佐野さん角部屋ですね。確か部屋数もひとつ多いですよね。いいなあ」

佐野さんは振り向きながら眉を下げる。

「大丈夫ですか、折口さん。気持ち悪くないですか？　街中でいきなり声をかけてきた男が、自分の横に住んでるなんて」

「偶然でしょう？」

「も、もちろんです！」

佐野さんが慌てたように何度も頷く。

本当になんて可愛い人なんだろう！

思わず手を口に当てて「ふふふ」なんて笑ってしまう。

「こんなことあるんですねえ。でも私は佐野さんがお隣で、なんだか嬉しいです」

佐野さんは目を丸くして、それから明らかに照れてますって顔で目を細めて笑った。

「俺も、折口さんが横で嬉しいです」

私は心臓を鷲掴《わしづか》みにされたような気分になって、呻《うめ》くのを必死で堪《こら》えた。

これだけ端正な男性にこんな表情で微笑まれて、呻かないでいられるでしょうか。

部屋に入って、私は熱くなっている頬を両手で挟んで冷やす。

「ず、ずるい。なんか佐野さん、とってもずるい」

何がずるいのかわからないけれど、とにかくドキドキして心臓のあたりがきゅんとしてしまう。

落ち着きなくベッドに座ったり窓の外を見てみたりテレビをつけたり消したりした。壁ひとつ挟んで佐野さんがいるのだと思うと、なんだか耳をそばだててしまいそうで……

「佐野さん、何してるのかなあ……」

私は呟きながら、まさかお隣さんだと思わなかった彼について考える。低くて掠れ気味の声がひどく優しいことだとか、大きな手のひらのことだとか、穏やかに上がる唇の描く曲線を、気がつけばじっと見つめてしまっていたことだとか。

「なんでこんなにドキドキするんだろ……」

私はころんとベッドに横になり、天井を見上げて呟いた。それから壁にそっと手を当ててみる。佐野さん、何してるかな。引っ越し大変じゃないかな。お手伝い……と、そこまで考えて、いやいややりすぎでしょうと自分にブレーキをかける。

ふと廊下のほうが少し騒がしくなる。引っ越しの業者さんが来たらしい。けれど荷物はそうなかったのか、すぐにまた静かになった。

ぼうっとその音を聞いていたと気がつき、慌ててテレビをつけて他に意識を飛ばす。テレビでは昔のドラマの再放送をしていた。よくあるラブストーリーだった。それをぼんやりと眺める――そのドラマの主題歌を、歌に合わせて口ずさむ。口ずさんでから、佐野さんが「歌うのもいい」って言っていたなと思い出した。

……ああだめだ、私、さっきから佐野さん佐野さんって。どうしてこんなに気になるんだろう。ドラマにだって身が入らなかった。

代わりに主題歌を、きっとよくあるラブソングだろうそれを、ついつい口ずさんでしまう。頭の中が彼でいっぱい、泣きたいくらい大好きなの。そんな内容の歌だった。

集中できないテレビを消して、とりあえず家事をこなすことにした。洗濯物を入れようと鼻歌を歌いながらベランダに出る。洗濯物を取り込んで畳みながら、ふと思いついた。

「引っ越しといえば、引っ越し蕎麦《そば》だよね」

私は自分がここに越してきて、初日の散策中に見かけたお蕎麦屋さんについて思い出す。住宅街を歩いていると急に現れるその老舗《しにせ》のお蕎麦屋さんは、なんでも創業百年近いらしい。

「さ、誘って……みる？」

私は自問自答する。でも変かな。いきなり「お蕎麦食べませんか?」って変だよね?だけど早めにお礼もちゃんとしたいし……と自分に言い訳をして、爆発しそうな体内の心音を聞きつつ思い切って玄関を出た。引っ越し屋さんがいなくなったマンションの内廊下はシンとしている。

何度も深呼吸を繰り返しながら、佐野さんの部屋のインターフォンのボタンに人差し指を乗せる。口から心臓が出てきちゃいそうだ。ていうか緊張で吐《は》きそう。

「や、やっぱり急すぎたよね。お礼は別の日に、改めて」

そう呟き踵《きびす》を返そうとした瞬間、エレベーターホールからガアッとエレベーターのドアが開く音が聞こえた。それにとんでもなく驚いてしまい、反射的にインターフォンを押してしまった。

ピンポーン、とよくあるインターフォンの音が響き渡る。

「あああああ」

全身からドッと変な汗が出た。違うんです違うんです、ボタンを押す気はなかったんです、びっくりして押しちゃったんです……っ。

佐野さんの部屋の向こうで足音がする。佐野さんはインターフォンの画面を確認せずに躊躇《ちゅうちょ》なく扉を開けるタイプの人らしかった。

こ、こうなればもう誘ってみるしかない。心臓が身体の中で暴れているみたいに軽い吐き気まで覚えつつ、私は開きゆく扉を見つめる。

「はい……あれ」

出てきた佐野さんが驚いて目を丸くして、それから柔らかく目線を緩めた。

この目線だ。

この目がすごくずるい。なんだかひどく、安心してしまうから。

守られている気分になるほどに……

「こんばんは。すみません、突然」

変わらず緊張はしていたけれど、佐野さんの視線に安心してするりと言葉が出た。佐野さんは「どうかされましたか？」と目を笑みの形に細めたあと、ハッとして私を探るように見た。

「……っ、あ、すみません、引っ越しうるさかったですか」

慌てる様子に、こちらが慌ててしまう。違う、違うのに！

「すみませんこれ、先にご挨拶《あいさつ》と思っていたんですが」

佐野さんは引っ越しの挨拶用に買っていたらしい熨斗《のし》が巻かれたラップを、靴箱の上にあった紙袋から取り出し渡してくれた。受け取りつつ、一生懸命に言葉を探す。

「あ、違うんです。うるさかったとかじゃなくて、その」

「はい」

佐野さんはきょとんと私を見ている。暴れる心臓が口から飛び出そう。きっと頬が赤い。早く言葉にしなきゃ、で心臓の代わりに飛び出たのは「お蕎麦……！」というわけのわからない単語だけだった。

佐野さんはさらにきょとんとしている。ああだめだ、もう、少し落ち着かないと！

「お蕎麦、一緒に食べませんか！」

必死で言葉を付け足す。

こんな誘い方をされても、佐野さんも困るだろうなあ……とチラッと彼を見上げると、佐野さんは少しだけ食い気味に「食べます」と答えてくれた。お腹が空いていたのだろうか。ほっとして眉を下げた。

「あの、近くにあるお蕎麦屋さんなんですけど。創業百年近いらしい老舗で、ご年配のご夫婦がされてるお店で……その、引っ越し蕎麦というか、いかがかなって」

たどたどしい説明にも、佐野さんは優しく頷いてくれる。

「へえ、職場がこのあたりなんですが、そんな店があるのは知りませんでした」

「あ、お仕事もお近くなんですね」

続けて「なんのお仕事ですか」と聞きそうになって自重した。なんか、さっきからいきなり距離詰めすぎだよね、私。

「今日のお礼で、奢《おご》らせてもらえませんか？」

切り替えてそう言えば、佐野さんは目を丸くしたあと「ダメです」と固辞してきた。

「だいたい、なんのお礼かわかりません」

「えっ……と、車から守っていただいたし、それからカフェにも……」

「人が轢かれそうになっていたら、ああするのが当たり前ですし、カフェだって……俺も楽しかったですし。むしろ俺がお礼したいくらいなのに」

「そんな」

目を丸くして首を振ると、ふっと佐野さんはさらに表情を緩めた。

「だから普通にお蕎麦、行きましょう」

そんな優しい言葉に甘えて、エレベーター前で改めて待ち合わせすることにする。

「この服は気合い入りすぎ？」

私は姿見の前、服をとっかえひっかえしていた。

「……ていうか着替えないほうがいい？　佐野さん、なに着替えてるんだって思うよね？」

私はハッとしてワンピースを床に取り落とした。そう、なんで町のお蕎麦屋さんにお蕎麦食べに行くだけなのに服を着替えようとしているの……⁉

私は時計を見て、おとなしく今日ずっと着ていた服に袖を通す。

エレベーター前には、もう佐野さんが来ていた。シンプルな長袖のTシャツにジーンズ、なんていうか気楽な普段着って感じ。

……よかった、買ったばかりのワンピースなんて着てこないで。

それにしても、背が高いからか、佐野さんがひどく端正だからか、そんなシンプルな服装なのにものすごくお洒落《しゃれ》に見えた。モデルさんみたい、なんて感想まで浮かぶ。

何を食べたらこうかっこよく育つのかなあ！

「すみません、お待たせしました」

駆け寄り声をかけつつ頭を下げる。

「いえ」

佐野さんはふっと頬を綻《ほころ》ばせる。その表情にきゅんとしてしまいながら、私はぼんやりと思う——こんなに素敵《すてき》な人が横に住んでて、果たして私の心臓はもつのだろうか、と。

……ドキドキしすぎて、爆発四散してしまうかもしれなかった。

【二章】鷹和

スコープ越しに、恋をした。

『佐野《さの》、そのまま待機』

左耳に嵌《は》めたイヤホンに隊長から無線が入る。俺はビルの屋上で腹ばいになったまま無言でただライフルのスコープ、十字線越しに二百メートル先の景色を見つめている。

横浜《よこはま》市内のとある地銀で発生した強盗事件、犯人が人質を取って立てこもり、その上犯人が殺人容疑で指名手配されていたことが発覚するや否《いな》や、俺たちに出動命令がかかった。

神奈川《かながわ》県警特殊急襲部隊、通称ＳＡＴ。対テロ及び凶悪事件に対抗するため作られた部隊で、日本の都道府県警で八つしか配備されていない。その精鋭部隊で、俺はなんの因果《いんが》か狙撃手として補職されていた。

イヤホン越しに無線が飛び交う。

『突入命令はまだですか!?』

『まだだ。上から許可が下りない』

『人質には小さい子供もいるんですよ！』

俺はぐっと奥歯を噛《か》み締めた。

神奈川県警においての制式名称特殊銃Ⅰ型、害獣駆除用の国産高性能ライフルを整備し直したもの――人間を撃つために改造されたそれを構え、命令さえ下ればすぐさま引き金を引ける姿勢のまま、ブラインドの隙間、スコープの十字線の先で真っ青になって震える行員の女性を見つめていた。

少し小柄で、銀行員らしくきっちりと黒髪をまとめた、真面目《まじめ》そうな人だった。年齢は俺より少し年下くらいだから、二十五とかそれくらいだろう。

当初人質に取られていたのは白髪のおばあさんで、見るにみかねたのか彼女が人質を交代したのだ。

胸がぎゅっとした。ただ優しく、責任感の強い善良な人なのだろう。

なんとか守ってやりたいと強く思った。生きて、怪我《けが》ひとつなくそこから出してやりたいと。

人質交代のタイミングで、十分に犯人を撃つことはできた。けれど射撃命令は下りなかった

――ライフルの弾《たま》は、通常の拳銃の何倍も致死率が高い。また中途半端な怪我ではかえって犯人が人質に危害を加える可能性が上がる。

そのため狙撃手への射撃命令は、事実上、殺人の命令でもあった。

もっとも、狙撃手に対し射撃命令が出たことはＳＡＴが創設されて以降、全くない。ＳＡＴ創設前、一九七〇年代に起きたとある人質事件において、犯人を射殺した狙撃手について国会で野党が政府の責任を追及し、さらに狙撃手本人を人権派弁護士らが殺人犯として告訴したのも大きいだろう。

以降、警察――というよりは、政治的な判断をするお偉方――は射撃命令を下さなくなった。たとえ善良な、か弱い女性がいまにも殺されそうになっていたとしてもだ。

男が彼女を包丁の柄《つか》で殴る。こめかみからぼたりと血が零《こぼ》れたのが見えた。

唇を噛む。口の中に血の味が広がった。彼女はこの何倍も痛い。

射撃命令は、きっと下りない。目の前で彼女が殺されようとも。

ライフルの照準は、彼女を人質に取っている男のこめかみ。

俺は彼女を守ることができるのに、できない。幼い頃、かつて自身で守れなかった女の子のことを思い出す。

もうあんなのは嫌だ。

ただ誰かを守りたくて、かっこいい「あの人」に憧れて警察官になったのに、もしかしたらここで彼女が殺されるのをスコープ越しに見ているだけなのかもしれない。

いざとなれば、俺はどうするのだろう。

引き金を引くのだろうか。それとも、「人殺し」となることに怯《おび》え、命令がなかったからと彼女を見殺しにするのだろうか。

全身黒のアサルトスーツ越しに、少しだけ強い春の風を感じる。風の強弱で弾道の計算が変わる。それらを瞬時に判断し、調整しなくてはならない。人質に当たるなんてことがあれば最悪だ。

きっと来ない射撃命令のために、俺は何度も弾道を計算し直し続ける。

ビルの上を、報道のヘリが旋回していく。

SATは秘密裏の部隊ゆえ、顔も全てわからないよう目出し帽のようなバラクラバで覆《おお》ってあるが、それでも撮影されているのではと思うと複雑な気分になった。

人質のひとりの子供が騒ぎ、無線で怒号が飛び交う。

『おい部隊突入させろ！』

『まだだ、待て！』

『子供を見殺しにする気か!?』

『人質の女性も危険だ！』

心臓が抉《えぐ》られたみたいに痛い。

生まれて初めて、引き金を引かせてくれと願った。もし彼女の命が目の前で喪《うしな》われたら、俺はきっと――

……きっと、どうなるんだ？

ひとり眉を寄せ、スコープの先を睨《にら》みつける。

一体誰が突入を止めているのか。及び腰の上層部の顔がちらほらと浮かぶ。ぎりっと奥歯を噛み締めた次の瞬間――

人質の女性行員のエルボーが、犯人に奇跡的にクリティカルヒットした。犯人が膝から崩れ落ちていく。

「……は」

変な呼吸が漏《も》れた。スコープが揺れるほどではなかったけれど、狙撃態勢に入って呼吸を乱すのなんか初めてだった。

さすがにチャンスとみたのか、すかさずビルを取り囲んでいた真っ黒なアサルトスーツを着た突入部隊が突入していく。

意識を失っている犯人の傍《かたわ》らで、人質だった女性行員が呆然と突っ立っている。隊員が彼女を保護する。

『佐野、直れ』

命令がかかって、俺はゆっくりと身体を起こし、大きく呼吸をしてから背伸びをした。

「うー……」

数時間微動だにできなかった身体を解《ほぐ》す。春の空で白い雲が流れていく。

「しっかし、実に綺麗《きれい》にエルボー決まったよなあ……」

俺は呟《つぶや》きながら、なぜか彼女の顔が脳裏から消えてくれなくて困る。どうか今日のことが彼女に傷を残しませんように。心にも、身体にも。強くそう思う。

どれだけ怖かっただろう。どうかできるだけ早く、彼女が笑える日が来ますように。

一瞬だけ、彼女の笑顔を想像する。

——笑ったらどんな顔をするんだろう、あのひとは。

どうしてか、ひどく心臓が高鳴った。


事件から数日経っても、それは変わらなかった。

彼女が無事なのはこっそりと確認していた。でも気になる。大丈夫だろうか？　あんなことがあって、怖がっていたりなんかしないだろうか。するに決まってる。辛《つら》くないだろうか。泣いてやしないだろうか。

いてもたってもいられない、とはこんな気分のことなのだろう。

一度高鳴ってしまった心臓は、彼女のことを思うと高鳴り続ける。肋骨の奥でどっどっどっと。

なんだこれ。

時を同じくして、現在住んでいるSATの隊員用独身寮が耐震工事をすることになり、俺は有休を取って数ヶ月の仮住まい用のマンションに引っ越しをすることになった。

「ひっでーよな。家賃全額補助じゃないって」

同僚、同じSATの隊員である井口《いぐち》の愚痴《ぐち》に肩をすくめながら、自分のダンボールにガムテープで封をした。

「仕方ないだろ」

すでに荷造りを終わらせたらしい井口は、引っ越し屋のトラックが来るまで暇なのか、色んなやつの部屋を推《お》しアイドルの布教がてらウロウロしているようだった。井口のスマホからは、やけにハイテンションなラブソングが流れてきている。

どうしてあの子の顔が消えてくれないんだ、気がついたらどんな瞬間も彼女のこと考えてる、そんな男性目線の歌を彼女たちは明るくはしゃいで歌っていた。

なんとなく、自分の状況と重なる。人質だった彼女のことが、頭から離れない。

「別の寮に移るってわけにはいかないんかねえ」

音楽にノリつつ、井口がブツブツと口にした。アイドルオタクで推しに月に十数万円単位で貢《みつ》いでいる井口にとって、家賃なんか払いたくもない余計な出費なのだろう。

「そんなカネがあったら推しに貢ぐっての。寮があって食いっぱぐれがないから警察官になったのに。自衛隊にでも入るかー……？」

「お前な、半年くらい我慢しろよ」

呆《あき》れて言うと、井口は唇を尖《とが》らせた。

井口は突入班のエースだ。百八十センチ台半ばはある俺よりでかいから、百九十はありそうだ。そんなむくつけき筋肉男に子供みたいな仕草《しぐさ》をされても可愛《かわい》げはかけらもない。

若手の警察官は、独身であれば原則寮住まいだ。だから、本来ならば俺たちも他の寮に移るはずだ。ただ……

「ＳＡＴの隊員だということは、身内どころか警察内部にさえ秘匿すべき事項だ。他の寮にでも移ってみろ。すぐに感づかれるぞ」

テロ対策部隊である以上、家族や友人がテロ組織等から狙われるのを防ぐための手段だ。

「まあ、なあ……」

井口が諦めたようにスマホを操作し、音楽を消した。消される直前、井口の推しだというアイドルが歌う。

何をしてもあの子が消えない。きっとこれは恋、恋なんだ。

「恋⁉」

俺は思わずスマホに向かって瞠目《どうもく》する。

「どうした鷹和《たかかず》！　普段、顔色ひとつ変えないどころか、表情筋なんかないようなお前がそんな顔をするなんて！　ついにみっちゅの可愛さに目覚めたか⁉　もう一回聴くか⁉」

「悪い、そこは目覚めてない……目覚めてない、んだが」

少し動揺してしまう。

え、どういうことだ？　誰かのことが気になってずっと考えて、顔が瞼《まぶた》から消えてくれないのは恋……なのか？

「はは、まさかな。あり得ないだろ」

ひとりで乾いた笑みを浮かべて荷造りを続ける。まさか、そんなはずない。

スコープ越しに恋をするなんて、まさか、そんな……

ないだろ。

「折口《おりぐち》さん、可愛かったな……」

新居となった神奈川県警ＳＡＴの訓練施設近くのマンションの一室で、俺はひとり頭を抱えていた。頬が熱い。鼓動も速い。そうして自分から勝手に溢れた独り言に困惑する。「可愛かった」ってなんだ、「可愛かった」って。

——今日は単に、ちょっと「人質だった女性行員」の様子を引っ越しついでに見に行くだけのつもりだった。ＡＴＭでも使うふりをして、窓口で元気にしている彼女を見ればこの心臓の妙な高鳴りも落ち着くかと、そう思った。

けれど妙な偶然が重なり、カフェで少し一緒に過ごして俺は余計にドキドキして困惑する。気がつけば、じっと彼女を見つめてしまっていた。優しい目元、微笑みをたたえる頬。

——こめかみの傷は、ほとんど良くなっていてほっとした。

事件のことを話す健気《けなげ》な様子に、死ぬほど胸が痛んだ。戻れるのならばあのときに戻り、自分が助けに行きたいと思った。自分の手で守りたいと——

そしてなにより、見たかった笑顔を見ることができた。笑うと目が垂れ目がちになる。くるんと彼女の優しさに包み込まれるような笑顔だ。思い返すと、ドキドキにきゅんが混じる。息が苦しくなる……

恋しているみたいに。

俺はハッとして慌てて頭を振る。いま何を考えてた？

と、壁の向こうからゴトっと音がした。防音はそこそこきっちりしているらしく、そこまで大きな音じゃない。ただ俺が仕事柄、小さな物音にも敏感なだけで。

そう、壁一枚挟んで、折口さんが近くにいる。

「…………っ、俺は何を考えてるんだ！」

つい耳を澄ませてしまって、自分で自分の頬を張る。

ああもう、どうしてなんだ。折口さんが気になって仕方ない！

俺はしばらくフローリングの上で俯《うつむ》いたあと、むくりと立ち上がり無言で真新しいカーテンをレールにかけていく。ついでに空気を入れ替えようと窓を開けると、すぐ横——つまり507号室のベランダから物音がした。カラカラと掃き出し窓が開き、サンダルを履く乾いた音がして。

衣擦《きぬず》れとプラスチックがぶつかる音は、洗濯物を取り込んでいるせいか。

なんだかいけない音を聞いてしまっているような気がして、俺は微動だにせず夕空に目を向ける。橙《だいだい》色の空は、紫を滲《にじ》ませて暮れていこうとしている。

小さく鼻歌が聞こえた。心臓が高鳴る。ただ俺は突っ立ってその歌を聴いている。

俺が歌がいいって言ったからだろうか。

そんな自意識過剰な考えと、少し調子の外れた折口さんの甘くて小さな歌声で思考はぐちゃぐちゃだ。

カラカラとまた掃き出し窓が閉まる。ベランダから人の気配がなくなり、俺はそっと息を吐《は》いた。緊張して呼吸を止めていたらしい。

カーテンをかけ終わり、入寮時適当に買った量販品のベッドに腰掛ける。比較的身体がでかいから、寝やすいようにダブルベッドだ。八畳の部屋の多くをベッドが占めている。１ＬＤＫだけれどリビングにベッドも家具も全て配置して、もう一部屋はトレーニングルームにする予定だった。

ベッドに横になりごろごろ転がる。目を閉じると折口さんが笑っていて慌てて目を開いた。

「なんだこれ……」

枕に顔を埋めた瞬間、インターフォンが鳴る。パッと顔を上げた。

「まだ何か届くものあったか？」

ひとりごちながら、直接玄関に向かう。ドアを開くと、折口さんが「あ」と少しびっくりした表情を浮かべて小首を傾《かし》げた。心臓が勝手にでかく跳ねた。

可愛いが目の前にいる……まじまじと見つめてしまう。びっくりするくらい可愛いなあ。何を食ったら、こんなに可愛く育つんだろう。

「こんばんは」

折口さんは例の垂れ目がちになる笑顔で俺を見上げた。俺はドキドキしすぎて変なにやけ顔になっているかもしれない。そんな顔のまま「こんばんは」と口にする。

普段は無表情だの能面だのからかわれるのに、彼女を目の前にすると表情筋がふにゃふにゃだ。そして自分の声が信じられないくらい柔らかくて優しい。怖がらせたくないとか、慈《いつく》しみたいとか、そんな感情が溢れてくるせいだ。

感情を持て余す。でも全然、嫌じゃない。

折口さんはそんな蕩《とろ》けた俺の声に少しほっとした表情を浮かべる。

「すみません、突然」

「いえ、どうかされましたか？　……っ、あ、すみません、引っ越しうるさかったですか」

俺は慌てて玄関に置いておいた洗剤とラップを、簡単な熨斗《のし》で包んだものを彼女に手渡す。

「すみませんこれ、先にご挨拶《あいさつ》と思っていたんですが」

ドキドキしすぎてすっかり失念していた。折口さんはきょとんとしたあと、「ではせっかくなので」と婀《たお》やかな手つきで俺からそれを受け取って眉を下げた。

「あ、違うんです。うるさかったとかじゃなくて、その」

「はい」

「お蕎麦《そば》……！」

思い切ったように彼女は俺を見上げて続ける。

「お蕎麦、一緒に食べませんか！」

「食べます」

何がなんだかわからないが、お誘いしてもらっているようだ。俺は目を瞬《またた》いて頷《うなず》き、それから「引っ越し蕎麦か」と気がついた。

折口さんはほっとした様子で近くにある老舗《しにせ》の蕎麦屋のことを話してくれた。なんでも創業百年近いのだと言う。

「へえ、職場がこのあたりなんですが、そんな店があるのは知りませんでした」

「あ、お仕事もお近くなんですね」

折口さんは少し迷ったように目線を動かしたあと、すぐに笑って「蕎麦ね、すごくおいしいんですよ」と続けた。

きっと「なんのお仕事ですか」と聞こうとしてやめたのだろう。なんとなく距離の線引きがうまい人だなと思った。

SAT所属とは答えられないけれど、でも俺としては全然飛び越えてきてもらっていいのだけれど……

「今日のお礼で、奢《おご》らせてもらえませんか？」

そんな彼女の提案は固辞したものの、とりあえず十五分後にエレベーター前で待ち合わせということになった。

部屋に戻って上機嫌で部屋着から私服に着替え、姿見なんて洒落《しゃれ》たものはないから風呂場まで行って服を確認する。

長袖の無地のTシャツにジーンズ。

「変じゃないよな？」

俺はじっと鏡を見つめながら髪を整えてハッとする。どんな格好でもいいだろう、ただちょっと蕎麦を食べに行くだけなんだから。


そんなふうに始まった新生活、驚くほど俺は上機嫌だった。横に折口さんが住んでいるというのは、俺にとって非常に癒《い》やしだ。ドキドキの正体は掴《つか》めていないにせよ、彼女の存在がなんだかとても得難いものなのはわかる。

「なあ鷹和くんさあ、なんでそんなにご機嫌なわけ」

「……何が」

週明け、月曜日。引っ越してちょうど一週間目の訓練後、射撃場の隅《すみ》で銃の分解整備をしていると、訓練用のアサルトスーツ姿の井口が汗だくでやってきて面白くなさそうな顔をしている。

「おいおい、全身から幸せオーラ出しちゃってさ。もしかして彼女できた？　口の端っこが緩いですよ」

「できてない。なんでだ急に」

「嘘《うそ》だー。オレの経験上、そういう顔をしたやつはだいたい彼女できてるんだよ。無表情男のくせに、なんでそうとっかえひっかえできるんだ」

「なんだその言い方……人聞きの悪い」

「人聞きも何も本当のことだろ？　聞くたびに新しい彼女いるじゃん」

「それはお前の聞いてくるタイミングの問題だろ？」

タイミングというか、俺はとても振られやすい。幸いというか恋人はできやすいのに、できたと思ったら『何を考えてるのかわからない』だとか『ほんとはあたしのこと好きじゃないよね？』だとかの理由でフラれてしまう。

愛情表現が下手《へた》くそなのかもしれないな、と銃を解体しながら思う俺に井口は続ける。

「んなことないって。お前、前の所属んときからスケコマシで有名だった」

スケコマシなんて古めかしい言葉、久しぶりに……いや人の口から聞いたのは初めてかもしれない。謎の感動で黙り込んだ俺に向かって井口は唇を尖らせる。

「くそ、ずるい。お前の本命の彼女はその子だろ、キャシー」

「誰だよキャシー」

井口が「それ」と顎をしゃくる。どうやら俺の狙撃銃のことを指しているらしい。

「本命だろが。よしよしよしよし全身撫《な》で回して」

撫でるのは銃のチェックと、それから狙撃前のルーティンだ。それを、そんな変な目で見られていたとは……いささかショックを受けつつ低く答える。

「勝手に名前をつけるな」

「じゃあなんて呼んでるんだよ」

「特殊銃I型」

「色気ねえなあ！」

無視して整備を続ける俺に井口は続けた。

「オレが名前をつけてやるよ。鉄子《てつこ》、銃子《じゅうこ》……あ、ジュンコでいいじゃん。ジュンちゃん」

たまに井口の脳天は開きっぱなしなんだろうなと思うことがある。常に明るく常にアホだ。というかジュンはやめてほしい、姉の名前だ。井口は知ってて言ってる。こいつとは警察学校からの付き合いで、姉とも何度か会ったことがあるからだ。

からかわれるのも面倒くさくなって話題を変える。

「……お前にだって愛しのみっくんがいるだろ？　推しの」

目線を手元に戻し、弾丸を薬室に送る――つまり引き金を引けば弾が発射される状態に持っていく――機構に異常摩擦などがないか確認しつつ、井口の推しの名前を口にする。

「みっきゅんだよ！　間違えんなよ」

「どっちでもいいよ」

顔を上げないまま答えた。エジェクターよし、エキストラクターよし。

「よくねえよ」

ぷりぷりと井口はそう言ったあと、少し声を低くして続ける。

「じゃあ聞くけどな、鷹和。昨日どこで何してた」

「図書館で本借りた」

「ひとりでか？　うん？　そのあとスポーツショップで買い物してたよな？」

俺はパッと顔を上げる。くそ、こいつ。

「……見たのか」

「見たよ！　なんだよあの朗《ほが》らかで優しそうな感じの華奢《きゃしゃ》な子！　あっでも華奢っていっても痩《や》せすぎでもなくヘルシーな感じで胸もふわっと柔《やわ》らかそうな」

「やめろ」

知らず地を這《は》うような声が出た。

「うわあ、こわあい」

井口はずるいずるいと、またもや唇を尖らせる。

「最近は合コンにも来ないくせに、ちゃっかり彼女作りやがってー。しかも何、あんなにやけ顔。同期のオレにも見せたことないじゃん、ひどいわ鷹和くんっ」

「何が『ひどいわ鷹和くん』だ。というか、彼女じゃない。ご近所さん」

「嘘つけよ、あんな熱い視線で見つめ合っておいてさ。お前ってあんなタイプだっけ？　元カノとかにもめちゃくちゃクールだったじゃん。気持ちわかんないってフラれたくせに」

「お前、本当に余計なとこだけ記憶力いいよな」

俺の皮肉にも動じず、井口は豪快に笑ったあとふと首を捻《ひね》る。

「あーでも、あの子、なあんか見たことあるんだよなあ。知ってる子かな……？」

俺は井口をじろりと睨む。そういえばあの銀行強盗の日、先頭切って突入したのは井口だ。思い出そうとうんうん頑張っている井口に焦《あせ》って、急いで口を開く。

「だいたい、お前あれだけアイドルに時間も金も落としてて彼女欲しいはないだろ」

かちゃかちゃと銃を組み立て直す。

それにしても、ああくそ、見られていたとは。

昨日、たまたま図書館で折口さんに会った。俺は訓練の都合上、ときどき山籠もりをさせられることがある。ＳＡＴが出動するのは基本的に都市部あるいは住宅街ではあるものの、長距離狙撃の訓練は街中ではしづらい。

そのため陸上自衛隊の施設を借りての訓練がたまに行われているのだが、山での訓練ということもあり信じられないくらい虫に刺される。山蛭《やまびる》にやられることもあり、何か対策がないかとアウトドア関連の本棚の前にいたときだった。

『あれ、佐野さん？』

背後から声をかけられ、振り向けば折口さんがにこにこと本を抱えて立っていた。大きく心臓が拍動する。

『お疲れさまです。……アウトドア？』

ひょい、と棚を覗《のぞ》き込んで折口さんは例の垂れ目がちになる笑みを浮かべる。

『キャンプとかお好きなんですか？』

『まあ』

山育ちなのもあるのか、アウトドアは全般的に得意だけれど、いま探しているのは訓練用の資料だからなあ。

曖昧《あいまい》な返事をする俺に、折口さんは感心したような表情で言う。

『へー、かっこいい。私完全にインドアなので、ちょっと憧れます。楽しそう』

『行きますか？　日帰りとかでよければ』

反射的に口にしていた。折口さんは目を丸くして、頬を少し赤くして目線を下げる。

『す、すみません。ねだったみたいになっちゃいました、よね……？』

『違います。俺がその、誘いたくて誘いました』

パッと折口さんが顔を上げる。真っ赤だった。俺の心臓も変に高鳴ってしまって思考もぐるぐるで、もはや何をどう口にすればいいのかわからない。

気がつけば本当に鎌倉《かまくら》で日帰りキャンプすることになっていたし、なんなら一緒に細々したものを買いに行っていた。スキレットだとかランタンだとか……

とりあえずは俺がときどき行くキャンプ場に、梅雨入り前に予約が取れ次第、と約束した。

「えー。でも彼女とアイドルは別だよ」

そう言う井口の声に、ハッと回想から思考を切り上げる。俺は組み上がった銃を持って立ち上がる。

「せめて推しに使う金を半分にしてから言え」

「引っ越しのせいで嫌でも半分になりそーだよー、食費やらなんやら……あーあ。早く寮の工事終わんねえかなあ」

井口のぼやきを聞きながら、少しだけ工期が遅れたらいいのに、なんて思った。ほんの少しだけ。

新居であるマンションのベランダからは、近くの公園が道路越しに眺《なが》められる。ちょうど桜が満開で、夜になれば街灯に照らされてぼんやりと浮かび上がるようにも見える。

「おお、いいな……」

夕食後、俺はベランダで缶ビールを開ける。ぷしゅっと音がして溢れたビールの泡ごとゴクゴクと半分ほど一気に飲んだ。

と、隣の掃き出し窓がカラカラと開く。ドキッとして身体を硬直させていると、ひょいとベランダの仕切りの向こうから折口さんが顔を出した。

「こんばんは！　お花見ですか」

「折口さん、こんばんは。そうですね、そんな感じです」

俺はドキドキを押し隠して穏やかに見えるように笑う。

「折口さんは？」

「一緒です」

えへへ、と彼女は缶チューハイを見せてくれる。俺はできるだけ５０７号室との仕切りのほうに寄る。

暗いなか、部屋の明かりに照らされて、俺を見上げる折口さんの顔に陰影ができる。それがどこか幻想的で余計にドキドキが増す。

春の夜風が優しく彼女の髪をなびかせる。指先がぴくりと動いて、慌てて止めた。髪を撫《な》でたいと思うなんて。

「ここ、いいんですよ。お花見スポットなんです」

「ですね。内見のときは桜は気にしていなかったな」

急いで決めたし、まだ蕾だった。そして隣にこんなに可愛い人がいるなんて知らなかった……。

「いまが、ちょうど八分咲きくらいかな？　しばらく楽しめそうですね」

そう言ってチューハイを折口さんはこくりとひとくちだけ飲み、花が咲くように笑った。

可愛い、と口から出かかって慌ててビールで流し込む。

「お酒強いんですね」

「まあ。ただ、あまり量は飲まないんですが。折口さんは？」

「好きです」

にこっと例の笑顔を向けられて、心臓が蕩《とろ》けた。きゅうんっとしてしまう。どうしたらそんなふうに笑えるんだろう。可愛すぎるだろ。

この感情は、果たして何に由来するものなのか。

「じゃあ、よければ飲みに行きませんか？　週末……土曜とか、夕食がてら」

さらっと出た。なんなんだ俺の彼女に対する積極性は。チャラいと思われていたらどうしよう、と少し思うけれど、折口さんは目を瞬いたあと、嬉《うれ》しそうに頷いてくれる。

そんな顔を見ていると俺の心拍もドキドキと上がって、ベランダの仕切りをぶち抜いて折口さんを抱き締めてしまいたくなるから困る。

マジでこれ、この感情なんなんだ。持て余す……！

「行ってみたいお店あるんですけど、いいですか？　タイ料理のお店なんですけど。辛《から》いのいけます？」

「はい」

ふたつ返事で頷くと、折口さんは嬉しげに笑う。

緑色のメッセージアプリのＩＤを交換する。彼女のプロフィール写真は、穏やかな目をしたシェパードだった。

「可愛いですね」

「あ、実家の犬です。もう死んじゃったんですけど、可愛くてアイコン変えられなくて」

ちょっと寂しそうに言ってから、折口さんは続けた。

「だからいつかは犬を飼いたいなっていうのがあるんですけど……佐野さんは動物好きですか？」

「はい。犬派ですよ俺も」

猫派だの犬派だの考えたことはなかったけれど、なんだかスルッとそんな言葉が出た。折口さんは目を瞬いてから、嬉しげに「良かった」と笑ったのだった。

その笑顔がどうにも網膜に焼き付いて消えてくれない。

そうなると週末までが長い。


火曜日は訓練後も当番日で、要は泊まり込みだった。交番の警察官もそうだけれど、当番日は二十四時間勤務だ。事件というのは朝だろうが深夜だろうが起きるものだからだ。

訓練所での仮眠中、井口がしつこく折口さんの話を振ってきたせいで、俺は同じ班の全員に「引っ越してすぐ横の住人をナンパするチャラいやつ」と認識されてしまった。

……まあ、あながち間違っていない気もするから複雑だ。それどころかスコープ越しに気になって会いに行っているのだ。救いようがない。

翌日の水曜日は待機日で、午前中自宅に一度戻ったあと、午後から訓練所の事務室で夕方まで事務作業に当たる。警察というのは警察庁長官から交番の新人巡査まで、等しく書類に追われているといっても過言じゃない。

そして今日、木曜日は日勤で夕方まで訓練だった。

帰宅後、試しにベランダに出てみるものの、折口さんは出て来なくて少し寂しい。

「……寂しいってなんだよ」

夜桜を見ながらビールを喉に流し込み、俺はこっそりと呟く。

明日の金曜は当番日なので土曜朝まで訓練所で過ごす。土日は休みになっている週だから運が良かった。この仕事の微妙なところは、周りと休みが合わないことだ。土日が連続で休みなんか二ヶ月に一度くらいしかない。

と、カラカラと507の窓が開く。サンダルをつっかける音がして、折口さんが顔を出した。

蕩ける笑顔が俺を見上げる。

「わー、お久しぶりな感じです」

「ですね」

余裕っぽく答えるけど、実際は二日しか経ってない。なのに会えなくて寂しかった。

なんだこれ……

風が吹く。風向き的に、少し海の匂《にお》いが混じる。その風が折口さんの髪をなびかせて少し乱れる。反射的に手を出した。さらりと髪を梳《と》いて耳にかけてやる。

俺を見上げる折口さんの頬はびっくりするほど赤い。

俺もきっとそうだ。薄暗いから気がつかないでくれと思いつつ空を見上げる。ぽかりと満月が白く浮かんでいた。


ようやくやってきた土曜日。お昼から横浜駅近くで少し用事があるという折口さんに合わせ、十七時にそのあたりで待ち合わせする。

落ち着かない。

俺は改札を出て、待ち合わせしている横浜駅近くの複合ビルへ向かいながら、そわそわ浮かれている自分を自覚する。なんならスキップさえ踏みたい気分だった。

と、橋を渡れば待ち合わせのビル……というところで、人混みのなかに折口さんを見つけた。どうしてだろう、後ろ姿だったのに、すぐに彼女だとわかった。

春らしい水色のワンピースがふわりと揺れる。それだけで胸が騒いだ。

人波を避《さ》け、近づこうと小走りになる。声をかけるには距離がありすぎた。俺は職業柄、というか生まれつきなのかもしれないけれど目がいい。

一瞬だけ人混みで見失い、またすぐに見つけた瞬間、折口さんにふたり組の男が話しかける。

こめかみがぴくっとして、思わず奥歯を噛み締める——

俺、いま、ムカついてる。

ただ折口さんがナンパされてるだけで、イライラと腹の底から怒りが湧く。触んなと思う。

謎の独占欲が自分でも怖い。怖いながらも俺は大股で折口さんの元へ向かう。

「あの、ですので、いまから待ち合わせが」

折口さんは肩を縮めて顔色を悪くして目を伏せている。恐怖に必死に耐えているような——

ハッとして足を速めた。

「嘘、嘘！　さっきからここウロウロしてるじゃん！」

男の大声に、余計に折口さんは怯えをそのかんばせに滲ませる。

守らないといけないと、身体の奥で何かが叫《さけ》ぶ。

「ナンパ待ちでしょー？」

「なーに、オレらそんなにタイプじゃない？」

俺はナンパ男たちの言葉に目を瞠《みは》る——折口さん、早く着いたか何かで……で、落ち着かなくて……こんなとこウロウロしてたのか。

肋骨の奥で感情がぎゅうっとした。心配とか早く来たらよかったとか健気なとこマジで可愛いとか、そんなのが色々混じっていた。

「ち、違います。本当に」

折口さんはまっすぐに彼らを見据《みす》えて、震えた声で続ける。

「い、いまからデートなので」

彼女の言葉に鼓動が跳ねた。早足で彼女に近づいて肩を引き寄せ「こんばんは」と男たちに向かって薄く笑う。

「彼女に何か？」

見下ろして半目で睨みつけ見下ろせば、男たちは怯えを苦笑で隠して立ち去っていく。

「あ、わ、佐野さん」

耳まで真っ赤にしている折口さんから手を離す。折口さんはそれでもほっと息を吐いたあと、落ち着かない様子で目を何度も瞬いて、それから俺に向かって頭を下げた。

「す、すみません。またもご迷惑を」

「いや、俺こそすみません。こんなとこ待ち合わせ場所にするんじゃなかった」

「こんなとこ？」

「ナンパ橋」

ここは通称ナンパ橋と呼ばれるようなエリアだ。早い時刻だから油断していた。こんなところに折口さんをひとりでいさせた自分に腹が立つ。

「ナンパ橋……？」

きょとんと折口さんが首を微《かす》かに横に傾げる。頬の色はわずかに赤みを残していた。

「あれ、知りませんか？　この橋、そう呼ばれていて」

「そ、そうだったんですか……！」

折口さんが目を見開く。

「折口さん、地元このあたりじゃないんですか」

「あ、私、藤沢《ふじさわ》です。ちょっと兄が過保護で、ひとり暮らしするまでこのあたりとかあんまり来たことなくて……そうだったんですか、ナンパ橋なんてあるんだ」

へえ、とどこか感心したように彼女は言う。

なんだか毒気を抜かれて、肩をすくめて「でも、すみませんでした」と目を見て謝る。

「ひとりにしてしまって」

「ええっ、とんでもないです。私の予定に合わせてもらったのに……あそこで用事あったんですけど、早く終わっちゃって」

折口さんが商業施設を指さす。その爪が綺麗《きれい》な桜色で、俺はついそれを目で追う。折口さんがその視線に気がついて照れたように頬を緩めた。

「あの、仕事、あんまり派手じゃなかったらネイル大丈夫で、いましてもらったところで」

「そうですか。とても綺麗だと思います」

そう口にした自分に驚く。女性の爪の色なんか褒《ほ》めたの、生まれて初めてじゃないか？

でも本当に綺麗だと思ったんだ。

「あ、ありがとうございます……あ、ていうか」

折口さんは顔を上げ、眉を下げて申し訳なさそうな顔をする。

「すみません、ナンパを断るためとはいえ、デートだなんて言ってしまって」

俺は折口さんをじっと見て、なんとなく思う。これがデートだったらいいのに。折口さんの春らしいワンピースも、桜色の綺麗な爪も、全部全部俺のために用意されたものだったらいい。

「俺はこれ、デートだったらいいなと思ってるんですが」

またもや、するりと言葉が零《こぼ》れた。ああもう、なんだこれ本当に……

でも撤回はできない。俺はうまく折口さんの顔が見られなくて、目線を逸《そ》らしたまま「行きましょうか」と歩き出す。横にいる折口さんの小さな声が聞こえる。

「わ、私も、デートならいいなって、思って……」

語尾は掠《かす》れて震えてかき消える。そんなちっちゃい声なのに俺の心臓は思い切り揺さぶられて動揺して変な汗が出る。

ああもう、信じられない、俺完璧に恋してるじゃないか。

どうしてだろう。自ら人質を申し出た献身的な人柄に？　優しげな眼差《まなざ》しに？　実際に話してみて、想像以上に可憐《かれん》だった雰囲気《ふんいき》に？

わからない。何もわからないけれど、俺が彼女、折口さんに恋をしているというのは確定的だった。

子供じゃあるまいし、初恋でもあるまいし、なのに自分が全くコントロールできていない。

折口さんの希望していたタイ料理の店は、待ち合わせ場所からほど近い商業施設の屋上にあった。ウッドテラスと屋台風のカウンターが異国情緒を漂わせる。

ワイヤーに裸電球がぶら下げてあるのをなんとなく眺めた。俺にはよくわからないけれど、こういうのが女性は好きなんだろう。多分。

そしてなんの因果か、折口さんの職場である地銀と川を挟んで斜めに向かい合っている。

……なんなら俺があの事件の日、特殊銃Ⅰ型を構えて腹ばいになっていたのは、この施設の屋上だ。

ぐるりと見回す。あの日も見たけれど、人がいるとずいぶん雰囲気が違って見えた。デートとかにも向いてそうだな、と思ってそこから大事なことを聞いていなかったことに気がつく。

「すみません、唐突で申し訳ないのですが」

俺が声をかけると、向かいの席に座ってメニューを見ていた折口さんが目線を俺に向けて小さく首を傾げた。可愛い。

「付き合っている人はいますか？　ちなみに俺はいません」

「……！　い、いません」

折口さんは目を瞬き、ぶわりと頬を赤くして言う。すげー可愛いんだけど何これ……

「良かった。遠慮なくデートに誘えるので」

微笑《ほほえ》んで言うと、折口さんはむにゃむにゃと何か言いながらメニューの上で視線をウロウロさせる。初心《うぶ》な反応にめちゃくちゃドキドキする。

「すみません、私、こういうの不慣れで……」

「可愛いです」

素直に答えてしまって、自分の耳朶が熱くなる。ああ俺、どんな顔してるんだろう。

折口さんは俺をチラッと見て眉を下げて笑う。でも多分、あんまり押しすぎたらダメなんだろう。

さっきのナンパ男たちに怯える折口さんを思い出して胸が痛む。あの男たちと俺の違いなんて、きっとほとんどない。

それにしても、かなり顔色が悪かった。特に大声を出されたとき。あれは元から男に対してあなのか、それとも……あの強盗事件のせいか。

付き合ってすらないのに、心配でどこかに閉じ込めたくなる。彼女を傷つける何者も存在しないどこかに折口さんを閉じ込めて大切に慈しみたい。

どろどろした感情が溢れそうになって、慌てて話を変えた。

「そういえば、あれからお仕事のほうはどうですか？　無理していませんか」

「あ、はい、おかげさまで……いまは窓口から外れて、裏方で営業のアシスタントに入ってて」

「そうですか」

少しほっとした。あんな目に遭って、同じ場所にいるのは辛いことだろうから。

「佐野さんは、その……お仕事って、聞いても大丈夫ですか？」

折口さんが言い淀む。俺は少し嬉しくなった。彼女が引いていた遠慮の線を、彼女から超えて来てくれたのだから。

「俺、実は警察官です」

「え」

折口さんは目を丸くして、それから納得顔をした。

「それで丸一日いらっしゃらない日があるんですね。交番勤務ですか？」

やけに詳しい。目を瞬いたのと同じタイミングで、店員がタイビールを運んでくる。氷が入っているのがタイ流らしい。

「ああ、機動隊です」

ＳＡＴ所属、と言えない代わりにいつもそう答えることにしている。折口さんは微笑み、俺とグラスを合わせたあとに「兄が」と口を開く。

「私の兄も、警察官です」

「そうなんですか」

それで詳しかったのか、と思いつつ少し焦る。いざご家族に会うのはまだ先だろうから、そのときにはもう異動にはなっているとは思うけれど……

所属を聞かれたら困る。ＳＡＴに所属していることは、家族はもとより警察内部にも秘匿とされているのだ。人事記録から名前も消える……、というよりは、形式上、適宜《てきぎ》仮の所属をあてがわれる形になる。

とはいえ、ＳＡＴの任期は五年だ。警察官の職種を鑑《かんが》みると、そう長いほうではない。若手がメインの職場ということもあるし、俺も来年の春には異動になるだろう。

そこまで考えて、付き合ってすらいないのにプロポーズについて考えていることに気がつき苦笑した。

「お兄さんも神奈川県警ですか？」

「はい。白バイ乗ってます」

その答えに思わず口をあんぐりと開けそうになった。

――鬼の折口の妹！！！？

ほとんど面識はないものの、交通機動隊の折口警部補といえば有名人だ。

元族長だの前科があるだの、警察官である以上そんなはずがないのはわかりつつ、それでもそんなまことしやかな噂《うわさ》が絶えない厳《いか》つい顔面の白バイ隊員。

大型バイクを軽々と操り大会でも賞を総なめしている強面《こわもて》の警察官で、検挙率も相当高い。豪胆な性格で明るく面倒見がいいからか、街の少々ヤンチャな少年たちも、折口警部補には従順なんだとか。

確かそろそろ三十路《みそじ》のはずだから、折口さんとは五歳差か。警部補は岩みたいな人だから、兄妹と言われても折口さんと血の繋がりがあるなんて想像もできない。

そんな鬼の折口にはもうひとつ噂がある。

……えげつないほどのシスコンだと。箱入り娘ならぬ箱入り妹なのだと……

「兄をご存じですか？」

「あ……いや、申し訳ない、知りません」

「そうなんですか。ふふ、本人は『俺は結構有名人なんだ』とか言っていたのに、そんなことないんですねえ。まったく、お兄ちゃんたら自意識過剰なんだから」

いやかなりの有名人です――とは言えず、曖昧に笑ってビールを飲んだ。

そうか、折口警部補の妹さんか……シスコンってことは、認めてもらうの、結構大変そうだな……。

「失礼します。ご注文はお決まりですか？」

にこやかに店員がタブレットとともにテーブルにやって来た。

「ええっと」

ちらりと折口さんが俺を見る。

……しまった、折口さんに集中しすぎてメニューなんかちゃんと見てない。

「あー、折口さん、お好きなのどうぞ」

「じゃあ……ガイ・パット・メットマムアンとヤム・ウンセンとトムヤムクンをそれぞれふたり分お願いします。佐野さん、他に頼みますか？」

なんというか、かろうじてトムヤムクンだけわかった。

「……肉ありますか？　固形の」

雑な頼み方をした俺にも、店員はにこやかだ。接客業の鏡だ。

「ガイヤーンはいかがですか？　鶏もも肉を炭火で焼いたものになります」

「ああ、じゃあそれをお願いします。あとビールも同じやつお代わりください」

緊張しすぎて、ほとんど一瞬で飲み尽くしたグラスを店員に渡して、折口さんを見る。

「寒くないですか？」

四月に入ったとはいえ、まだ朝夕は冷える。今日は日中はゴールデンウィーク並みに気温が上がり、汗ばむような陽気だったけれど。

「あ、はい」

ふふ、と折口さんは笑ってカバンからストールを取り出す。

「佐野さん寒かったら、こちら」

「あ、いえ。俺は全然」

氷入りのビールを飲み干すくらいだ。それでも緊張して暑いくらい。自覚した恋心は心拍数を押し上げる。

なのに折口さんが気遣ってくれたのが嬉しい。ストールを借りておけば良かったなんて少しだけ思う。俺に似合うかはともかく。

「ここ、デザートもたくさんあるみたいなんです」

にこにこと折口さんはメニューを広げる。まだ夕食も食べていないのに、すでにデザートに意識がいっているらしい。なんだそれ可愛い。いや、普通は可愛いところじゃないのかもしれない。でも折口さんがそんなことすると可愛い……

折口警部補がシスコンというか、過保護になるのもわかる。勝手に脳内で警部補にシンパシーを感じていると、次々に料理が運ばれてきた。

最初にきたのはヤム・ウンセンで、要は春雨サラダらしい。海老やらイカやらとトマトや香味野菜が和《あ》えられている。続いてガイ・パット・メットマムアン。鶏肉とカシューナッツの炒め物のようだった。トムヤムクンも辛くてうまそう。

それからでかい一枚皿に、俺が注文した鶏ももの炭火焼きが載せられてやってくる。香ばしい匂《にお》いに胃がきゅうっとなった。

「こちらで切り分けてお召し上がりください」

皿の横にナイフが置かれる。

瞬間、折口さんの顔色がさあっと白くなった。一瞬で理解する——彼女は、あの事件がトラウマになってる。勘に過ぎないけれど、さっきの男たちの件も多分、そうだ。

反射的にナイフを皿に載せて店員に頭を下げた。

「すみません、これ切り分けてから持ってきてもらうことってできますか？」

「かしこまりました」

特にどうということもなく、店員は皿ごとナイフを下げていく。

俺は立ち上がり、折口さんの横に座ってできるだけ落ち着いた声で言う。

「少し触れても？」

折口さんが小さく頷いたのを確認してから、そっと手を握る。指先まで冷たい。

唐突に、守りたいと強く思った。あのとき何もできなかった俺だけど、これからは何があっても守りたいと心底願う。

顔色を失くし、震える君をもう見たくない。

事件のことを鮮明に思い出すのは、きっとあの日ここが俺の現場だったから。

スコープ越しに君を見つけて、心臓を抉るように掴まれて、恋をした。

冷え切った手に、少しずつ温度が戻っていく。ビル風が春の匂いを包み込んで優しく吹いた。なびく折口さんの髪を耳にかけて、その髪が橙色の夕陽に煌《きら》めくのをただ綺麗だなと思いながら見つめる。

「……綺麗ですね」

折口さんが呟いて、金色に染まる街並みに目を細める。

俺は「君のほうが綺麗だ」なんて陳腐《ちんぷ》な言葉しか浮かばなくて、ただ嫋やかな手を握りしめ続ける。

【三章】日菜子

『おい日菜子《ひなこ》、まさかお前、男がいるんじゃねぇえよなあ？』

仕事終わり、散り始めた桜の下を「今日は佐野《さの》さんいるかなあ」なんて思いながら鼻歌交じりに歩き帰宅して早々、巻き舌になったお兄ちゃんから電話があった。

そうして言われた言葉に悲鳴を呑《の》み込む。

「な、何、急に？　男がいるって」

『いるンだろが？』

血の気が引いた。なんで、どうして!?　何かお兄ちゃんに感づかれるようなことしたっけ!?

五歳離れたお兄ちゃんは元ヤンだ。幸い奇跡的に、というかなぜか前科や前歴はないものの、番長だ総長だと言われていたのを知ってる。いまでこそ違うものの、高校時代は古き良きリーゼントだった。リーゼントなんてお兄ちゃん以外で見たことがない。ていうかいまもガッツリめのツーブロックで、パッと見「その筋の人」に見えなくもない。

ついでに兄じゃなければ怖くて道を譲る容貌をしている。何がどうして警察官になったのは不明だけれど、私はとにかくこの兄のせいでいままで恋愛なんて夢のまた夢だった。

初彼氏ができたらいいなと希望を抱いて入学した中学校、入学式が終わって体育館から出るとズラリとヤンチャ系の先輩たちが並んでいた。

『おいお前ら、折口《おりぐち》サンの妹さん来たぞ！』

『チーッス！』

『日菜子さん、チーッス！』

……クラスメイトがザッと引いていくのがわかった。以降卒業まで、あだ名は「姉御」。

絶対に高校ではあんな目に遭ってはいけないと、品行方正を売りにしてるミッション系の共学校に進学した。幸い校内にお兄ちゃんの手先はいなかった。順調な高校生活をスタートさせたと思った矢先、同級生もたくさんいる駅の構内でやられた。

『あれっ日菜子サン！　ガッコこっちっすか！』

『日菜子さん、チーッス！』

『チーッス！』

……翌日からあだ名は「スケバン」になった。

大学でも同じようなことをやられ、恋人なんかできなかった学生生活。地銀に就職し、今度こそは素敵《すてき》な恋愛を……と夢見た矢先、窓口担当になった私は目を疑った。

ドッドッドッドッと、とてつもない排気音を響かせながら店の前に黒の大型バイクが停まる。艶《つや》消しされた黒いヘルメットを小脇に、厳《いか》ついサングラスをした大男が入店し、つかつかと私の前までやってきてサングラスを外す。外したところで出てくるのは、前科がないのが不思議な強面《こわもて》だ。

『お兄ちゃん……！』

私の悲鳴を無視して、お兄ちゃんはじろりと背後にいる職員たちを睥睨《へいげい》した。びくりとする彼らに向かって、お兄ちゃんはニカッと笑う。

『……コイツの兄です。イモートに手ぇ出す前にご一報ヨロシク！』

お兄ちゃんは笑うと強面が人懐こくなる……のはさておき、最悪だった。ていうか発音が『四六四九《よろしく》』だった。

もう大人だから変なあだ名なんかつけられなかったけど、あんな身内がいて恋愛なんかできようか。いや、できない。

そんな中に現れた佐野鷹和《たかかず》さんは奇跡的な存在だった。優しくて紳士的で、強面なお兄ちゃんとは正反対。車から守ってくれて、それからも何かと穏やかに寄り添ってくれる。交番でおばあちゃんに道案内したり、迷子の子供を保護したりしているようなイメージの男性だ。

実際は機動隊らしいけど……あんまり想像できないなあ。背も高いしがっちりしているから、身体能力だけで選ばれたのかもしれない。あんな優しそうな人が厳しい訓練に耐えられているんだろうか、なんて心配にもなってしまう。

土曜日、一緒にタイ料理を食べに行ったときも、何かと迷惑をかけてしまった私に彼はとても優しかった。

お隣だからというのもあるけれど玄関先まで一緒に帰って、「またデートに誘っていいですか？」なんてはにかんで真っ赤になって言われたから、もう胸がぎゅーっとして苦しくなった。

薄々、これが恋心だと気がつき始めている。

こんな大事なときに佐野さんが警察官だなんてお兄ちゃんにバレたら、彼がどんな目に遭わされるか！　「デートのことは忘れてください……」と青い顔で言われる可能性だってある！

『おい日菜子、聞いてンのか』

「聞いてるよ！　そんな人いないよ！」

『嘘《うそ》つくんじゃやねえ』

「嘘じゃないって！　ちょっと忙しいの、もう切るからね！」

なんとか色々誤魔化《ごまか》して通話を切る。ああ怖い怖い。あの勘の鋭《するど》さはなんなの⁉

ようやく何かが始まりそうなのだ。お兄ちゃんに邪魔されるわけにはいかない。

「絶対絶対、秘密にしなきゃ」

呟《つぶや》きながら簡単に夕食を作ることにする。包丁を取り出そうとして、呼吸が変になる。心臓がばくばくして苦しい。しばらく考えてから流しの引き出しを閉めた。

あの強盗事件以来、包丁を始め刃物全般が怖くなってしまったのだった。自分で乗り越えなきゃいけない部分なんだろう、きっと……

とはいえ、いまはまだどうにも怖い。幸い鋏《はさみ》は使えるため、キッチン鋏《ばさみ》でお肉や野菜を切ってさっと炒める。冷凍していたご飯をチンして、お味噌汁を作った。ひとり暮らしの晩ごはんはこれくらいでよし。

でも、きっと……佐野さんはたくさん食べるよね。タイ料理もたくさん食べてた。「俺のほうが食べたし飲みましたから」ってほとんど払ってくれて……って！

私ってば、ものすごくナチュラルに、佐野さんにいつかご飯作る予定でいた！　わあ！

ほぼ初恋とはいえ、なんなのこの思考の飛躍は……！　ひとり気恥ずかしくなり、熱くなる頬を手で冷ましながらぱくぱくと肉野菜炒めを咀嚼《そしゃく》していく。

夕食を食べてから、缶チューハイ片手にドキドキしつつベランダに出る。ほとんど同じタイミングで、お隣の窓が開く音がした。

「こんばんは」

ひょい、と佐野さんが仕切りの向こうから顔を出す。部屋からの明かりに照らされた、精悍《せいかん》な顔つきと、柔和な表情。肋骨の奥で心臓がきゅんとした。

私もサンダルをつっかけて、できるだけ仕切りに近づく。

「こんばんは。佐野さん、今日は非番だったんですね」

「はい」

にこっと笑い、佐野さんが公園のほうへ目を向けた。街灯に照らされた満開の桜が白く浮いているように見えた。

「もう桜、終わりですね」

気がつけばぽろっと口にしていた。

佐野さんが引っ越してきてから二週間。

お花見を言い訳にベランダで佐野さんに会えていた日々も、もうすぐおしまいだ。

寂しく思っていると、佐野さんが「あの」と思い切ったように声を出す。

「桜が散っても、ここでお話しできたら嬉《うれ》しいです」

じっと私を見る眼差《まなざ》しが、どこまでも真剣で心臓がぎゅっとした。

「もちろん、デートにも誘いますが」

「わ、私もっ」

思い切って顔を上げ、じっと彼を見つめた。

「私も……そう思ってました」

佐野さんは目を瞠《みは》り、それから柔《やわ》らかに頬を緩める。きりっとした精悍な目元が微《かす》かに赤い。

「良かった」

佐野さんの少し脱力したような穏やかな笑顔に、胸がほかほかと温かくなる。果たして私はどんな顔をしているのだろう。へにょへにょな変な顔をしてしまってないだろうか。

ふと目が合う。遠くから船の汽笛が風に乗って聞こえてきた。

佐野さんが私の目をじっと見ている。強い視線に射すくめられて、私は指一本すら動かせない。

「あ……」

佐野さんの大きな手のひらが、私の頬を包む。温かくて少しかさついた指先が肌を撫《な》でて――

ドキドキと心臓が高鳴る。

佐野さんの目が細められる。いつもの柔和な表情とは違う、色気さえ感じる大人の男の人の顔だった。呼吸するのも忘れてただ彼を見つめて――

そのとき、強い春風が吹いた。桜の花びらがふわりと五階の高さまで舞う。

ハッとしたように佐野さんが私から手を離した。離れていく体温が寂しい。

ついその指先を見つめていると、佐野さんがふっと息を吐《は》いた。見上げれば、すっかり見慣れてきた穏やかな笑顔があった。

「桜」

彼はひとこと呟いて、私の前髪に触れる。そっと摘まむ仕草《しぐさ》のあと離れた指先には、桜色の花びらが一枚。そのまま彼は身を乗り出し、私の前髪をかき上げて、額に唇を押し当ててきた。

私は目を丸くする。

額にあった柔らかな感触はすぐに離れる。目の前にいる佐野さんの頬はこれでもかと赤い。私の頬は発火しそうなほど熱い。

「……嫌でしたか？」

私はただぶんぶんと首を振る。

嫌なはずない！　ドキドキして、嬉しくて、はしゃいで飛び跳ねたいくらいだ。

佐野さんは真っ赤な頬のまま私の髪をさらさらと撫でて、目を優しく細めて笑った。

心臓が痛いくらいに拍動してる。

気がつけば守ってくれていた、この人のことを私はすっかり好きになってしまっていた。

「え、何それ何それ。いいなあ、日菜子。いまがいちばん楽しい時期ね。付き合う寸前っていうか」

ゴールデンウィーク、最終日。久しぶりに顔を出した実家のリビングで、幼馴染《おさななじ》みの絵里《えり》はにこにこと笑う。私もえへへと笑い返す。締まらない顔をしているだろうな。

「でもほんと、そうなると龍之介《りゅうのすけ》さんには絶対バレないようにしないと」

お兄ちゃんの名前を聞いて、思わず呻《うめ》く。そうだ、そのとおりだ。バレたら何をされるか想像もつかない。

「絵里、ぜーったいに言わないでよ」

「言わないよ、そんな恐ろしいこと……」

絵里はそう言ってから肩をすくめた。

「でも龍之介さんの気持ちもわかるよ。日菜子が誘拐されかけたって龍之介さんがガチギレしてるの、いまだに覚えてるもん」

「んー、私自身ははっきりとは覚えてないんだよねえ」

幼稚園の頃に、スーパーで知らないおじさんに連れ去られそうになったことがある……らしい。抵抗する私だったけれど、親子連れにでも見えていたのか、周囲の大人は誰も助けてくれなかったのだとあとで聞いた。

幸い、近くにいた同じくらいの歳の男の子が騒いでくれたことで、お菓子売り場にいたお兄ちゃんが騒動に気がつき、おじさんを背後からハイキック、それも空中二段蹴《げ》りで失神させた……というのが顛末で、そのことは覚えている。

お兄ちゃんのハイキックが強烈に記憶に残ってしまっているのと、助けてくれたその男の子に対する幼いながらも感謝と尊敬の感情が大きすぎて、他のことを忘れてしまったのではないかと思っている。

「小学生で大人の頭に迷いなく蹴りを入れるお兄ちゃんもどうかと思うけど……」

「いや緊急事態でしょ」

絵里に言われ、眉を下げる。

そうなのだ。お兄ちゃんが過保護になった理由を知っているから、私はあまりお兄ちゃんに強く出られない。だけどお兄ちゃん……私ももう二十五歳。恋愛も結婚もしたいのです……

ため息を吐《つ》く私を見て、絵里は苦笑して肩をすくめる。

「龍之介さんには頑張ってバレないよう、婚約まで持っていくしかないよ」

「こ、婚約？」

「相手、二十七でしょ？　付き合うとしたら結婚視野に入れてるんじゃない？　警察官って結婚早いイメージあるし」

絵里の言葉に、脳内でウェディングベルが鳴り響く。わぁあ！

「あはは、顔真っ赤！」

「もう、やめてよ……」

頬を手で冷やしつつ、絵里を軽く睨《にら》む。

「ま、その前にお付き合いできなきゃね」

「おっしゃるとおり……ね、どうしたらいいの⁉」

「何が？」

「付き合うには」

「えー……告白？」

「どうやって？」

「どうやって、って」

絵里は呆《あき》れたように言って苦笑した。

「ここまで龍之介さんに箱入りにされちゃってたら、相手に任せておくのがいいんじゃないの？　どう考えても脈ありなんだし」

「相手に任せる……かあ。でも……任せっぱなしというのも……」

「ふーん」

絵里はそう言って、スマホを取り出して弄《いじ》る。

「ならほら、せっかくの初夏じゃん。お外デートが気持ちいい季節じゃん。告白するにせよ、様子見するにせよ、自分からもデートとか誘ってみれば？」

がぜんやる気が湧いてきて、絵里のスマホを覗《のぞ》き込む。

そうだよね、私から告白したっていいんだよね。

「鎌倉《かまくら》デートスポット、かあ。そういえば、鎌倉は六月始めにキャンプに誘ってもらってるなあ」

「え、それもうヤる流れじゃん……」

「へっ⁉ や、やるって何を」

「セックス」

「……！」

私は顔を上げてぶんぶんと首を振る。頬が熱い。

「な、ないない！ 日帰りだし！」

「なーんだ。……あ、これなんかどう？」

動揺する私をよそに、絵里が見せてくれたのは、来週の日曜日のイベント情報だった。

五月の半ばに鎌倉の神社であるお祭りだ。夜店とかではなく、昼間に行われるもののようだ。

「流鏑馬《やぶさめ》……って、馬に乗って弓を射る、あれ？」

「そうそう。出店とかも出るらしいし、キッチンカーも来るみたいだし、展望台まで行ったら眺《なが》めもいいし。神社を出たらランチするとこもたくさんあるし」

「よさそうだね」

私は頷《うなず》く。ちょうど湘南《しょうなん》の海や江ノ島《えのしま》が眺められるあたりだし、走る路面電車も可愛《かわい》らしい。佐野さんはどうもアウトドア好きみたいだから、映画や美術館よりこんな感じのお外デートのほうが好きそう。

「ん。頑張ってね、デート」

「デートお？」

絵里の言葉に重ねる感じで突如《とつじょ》聞こえた、低くざらりと掠《かす》れた声。ヒッと悲鳴を上げつつバッと振り向く。

黒い革ジャン、濃いめのジーンズに厳《いか》つめのツーブロック。手には艶消しされた黒いフルフェイスのヘルメット……その筋の方ですと言われたら「そうですよね」と頷いてしまう強面のお兄ちゃんは、リビングの入り口の壁にもたれて立っていた。

「お、おおおおおお兄ちゃん」

「りゅ、龍之介さん！　お、お邪魔してまあす」

「よう絵里ちゃん、相変わらず美人だな」

お兄ちゃんはニカッと笑いながら私の横に座り、長い足を組んで「で？」と目を細めた。

「デートすんのか？　日菜子。どこの誰と？」

「あ、えっとその、え、絵里ぃ……」

助けを求めて絵里を見るも、彼女はそっぽを向きながら立ち上がる。

「あ、あたしったらこんな時間まで。お邪魔しましたあ」

「待って絵里、まだ十五時だよ！」

「ふふふふ、またね日菜子～」

すささささと素早い動きで絵里は出て行ってしまう。ああ、もう！

「日菜子」

低い声が私を呼ぶ。

「な、なあに」

「やっぱり男いんじゃねえか。もしそいつが俺より弱いんなら、ぜってぇ嫁にはやんねえ」

「言動がひと昔前のヤンキーなんだよ、色々やだよお兄ちゃん……」

「うるせえな」

ガシガシとお兄ちゃんは私の頭を強めに撫でる。

その後も続いた尋問をのらりくらりとなんとか交わして「あっ！　もうマンション帰らなきゃ！」と実家を飛び出た。玄関前で捕まえられ、問答無用でマンション前まで実家の車で送られたのは、まあお兄ちゃんの通常運転だろう。

お兄ちゃんは「危ないから」という理由で絶対に私をバイクには乗せないのだ。じゃあそんな乗り物を乗り回さないでほしい。

マンションの部屋に戻って、佐野さんに鎌倉のお祭りのURLをアプリで送る。一緒に流鏑馬見ませんか、って。

『すみません、その日は用事があります』

返ってきた返信にこっそりと肩を落とした。そっかあ、忙しいかあ。佐野さんは機動隊所属の警察官だから、きっちり土日がお休みってわけじゃない。ゴールデンウィークも変わらず出勤していた。というか、機動隊ならむしろ繁忙期なのかもしれないなと思う。

佐野さんはお仕事の話はあまりしない人だけど、以前にお兄ちゃんから聞き齧《かじ》った感じだと、機動隊は催し物やパレードなんかで雑踏整理に駆り出されたり、災害警備なんかもしたりするようだし。

「仕方ないかあ」

そう呟きつつ、お祭りのホームページを眺める。流鏑馬ってどんな感じなんだろ？

せっかくだし、というか暇だし、ひとりで行ってみようかな。

その日は雲ひとつない、突き抜けるような晴天だった。

薫風《くんぷう》が木々を揺らすなか、階段になっている参道をのんびり歩く。

鎌倉での流鏑馬といえば、九月にある鎌倉の大きな神社でのお祭りが有名だ。よくテレビのニュースでも取り上げられてる。

今日お祭りが行われる神社は、あまり知名度が高くないとはいえ鎌倉時代創建の歴史ある神社だ。境内から景色を眺めれば、遠くにキラキラと海が輝き、深緑色の路面電車がコトコトと住宅街をのんびりと走るのが見えた。流鏑馬があるということもあり、それなりの数の観光客の姿もある。

まずは鎌倉の山々を背後にする、歴史を感じられる木造の本殿にお参りした。初めて来る神社だけれど、ほっとするような雰囲気《ふんいき》がある。

柏手《かしわで》を叩《たた》いたあと「どうか佐野さんが私のこと好きになってくれますように」とお願いした。なんとなく気になってくれてはいるのは感じるけれど、ちゃんと言われたわけでもないし……と神様を前にウムウムと考える。神様に呆れられる前に慌てて頭を下げて境内に向かった。

社務所の前を通りかかって、ふと思いついてお守りをふたつ買う。ひとつは恋愛成就で、もうひとつは身代わり守りだ。これは佐野さんへのお土産。

警察官なんて、何かあれば怪我だってする仕事だ。

それどころか下手《へた》をすれば……と想像してしまって、きゅっとお守りを握りしめる。

あんなに穏やかで柔らかな人が、厳しい訓練や恐ろしい事件に立ち向かってるなんてうまく想像できない。

「今日も仕事なのかな。大丈夫かなあ……」

どうしてこんなに心配になるんだろう。好きだからなのかな。あんまり大変な訓練だとか苦しい事件だとか、彼に起こらなければいいなと思う。

社務所の裏手に回ると、木々の間に広い空間が広がる。すでに人がいっぱいで、地元ローカルのテレビ局もカメラを構えていた。

木々の間を透かして初夏の日差しが落ちてきている。

「おー、すごーい」

馬が走るため、土のコースが――正確には馬場というらしい――が作られている。さっきお守りを買ったときにもらったパンフレットによれば、この馬場の長さは二百メートルと少し。

ここをだいたい時速三十から四十キロで走りながら、弓で的を射る。

言葉にするのは簡単だけれど……と、私は馬場を挟んで反対側にある的《まと》を眺めた。菱形の的の大きさは五十五センチ――数メートル先にあるそれを走る馬の上から射るのは、弓ができる人でも至難の業《わざ》なのではないだろうか。

神事なので、これの前にも色々と行事はあるようだったけれど、一般に開放されているのはこの流鏑馬のみのようだった。

どおん、と太鼓が鳴って目を上げれば、今日の射手の人たちが馬場をゆっくりと馬に乗って進んでくる。鎌倉時代の狩装束に身を包み、弓を左手に持っていた。堂々と背筋を張り、馬にゆったり揺られる様《さま》は本当に武士のようだ。

「あら女の人もいるのねー」

近くの観光客の言葉に、白馬に乗る女性を見上げる。最近は女性の射手も少しずつ増えているらしい。

その女性はきりっとした、私より少し年上くらいの人だった。長い髪をまとめ上げた凛《りん》とした若武者のような姿に、どの人もつい「ほう」とため息を吐いて彼女を見つめてしまう。

若武者というより、白馬の王子様かもしれない、なんて感想まで抱いた。

どん、どん、と太鼓が鳴る。

ざあっと風が吹いて一瞬目を閉じたあと、次に目の前に来た人を見上げる。

思い切り目を丸くした。

「さ、佐野さ……っ」

慌てて口を覆《おお》う。心臓が勝手にばくばくと大きく拍動している。

佐野さんはチラッとこちらを見て微かに眉を上げて目を瞠った。けれどすぐに冷静そうに眼前を見据《みす》える。

どっどっどっと血液が全身を廻った。

キラキラと葉を透かして落ちてくる光のなか、黒馬に乗る彼はどの人より凛々《りり》しく見えた。右手に握る手綱《たづな》は鮮《あざ》やかな緋——彼が纏《まと》う狩装束は黒と濃紺に落ち着いた金糸が彩られている。それが日差しに煌《きら》めいて、余計に彼を輝かせてみせていた。

頬が熱くなって、うまく呼吸もできない。

彼が通り過ぎていったあとも、ただその広いまっすぐな背中を見つめた。

……ていうか、用事ってこれだったの？

「教えてくれたら良かったのに……」

小さく呟いた声は、太鼓の音にかき消された。

それとも、教えるような間柄じゃないってことなのだろうか。

ぎゅっと手を握る。佐野さんの特別になりたいと心から思う。

ついぼうっとしている間に、流鏑馬がスタートした。最初は壮年の男性からだった。目の前を迫力あるスピードで駆け抜けながら、弓を次々と射る。もちろん手綱は手放しだ。全て的に当たって、おおっと歓声が上がる。

新たな的が掲げられ、その後も数人が続く。やはり簡単ではないようで、外す人も出てきた。

「あ、王子様よ」

横の観光客の人の言葉に思わず小さく笑う。やっぱりそう見えるんだ――と、白馬があっという間に近づいてきて、瞬く間に的を射抜いていく。

上がる歓声は「おおっ」よりも黄色い感じだった。私も例に漏《も》れず悲鳴のように歓声を上げ、両手を組んでしまう。射手の女性は慣れた様子で走り去る。そんな姿まで完璧に王子様だ……なんて思いながら、私はこくっと唾を呑《の》む。

だって次、佐野さんだよね？

緊張で変な汗をかいている私をよそに、どおんと太鼓が鳴る。やがて黒馬で走ってきた佐野さんは――いままでの誰より、速かった。馬のスピードも、射る速さも。

目にも止まらぬとはこのことだと言わんばかりに、凄《すご》みさえ感じる勢いでもって的を正確に射抜いていく。まっすぐに伸ばされた背、精悍《せいかん》な眼差《まなざ》し、きりりと引き結ばれた口元。黒い弓から放たれた矢が、びゅうっと風を切る。

思わず見惚《みと》れた。

佐野さんが走り去ったあとに観客から漏れた声は、歓声というより、もはやざわめきだった。

「やば、速」

「武士じゃん、武士」

私も内心こくこくと頷く。

か、かっこよかった……！


流鏑馬が終わったあと、私はぽけーっと境内のベンチで缶コーヒーを飲んでいた。色々と衝撃でうまく頭が回っていない。

「佐野さん、かっこい……」

さっきからこの言葉しか出てきてくれない。

何あれ、かっこいい、ずるい。あんなことされたら好きなのに余計に好きになる……！

でも、教えてくれなかったなあ。

それを思い出すとめちゃくちゃへこむ。ちょっとシュンとしていると、ざっざっと境内の砂を急いで踏む音がした。

顔を上げると、社務所の裏手から走ってくる大柄な男性――佐野さんだ！

まださっきの狩装束のまま。籠手《こて》や綾藺笠《あやいがさ》もついたまま……急いで来てくれたようだった。

反射的に立ち上がり、彼を迎える。

佐野さんは私の目の前まで来て「えっと」と呟く。頬が赤いのは、今日が暑いせい？

私は眉を下げて頭も下げた。

「急に来てごめんなさい。まさか佐野さんが出られていると思わなくて」

佐野さんがハッと顔色を変え、あわあわと私の肩のあたりで手を彷徨《さまよ》わせる。目線を地面に落とした私の肩を彼は掴《つか》み、大きな声で言った。

「違う！」

「え」

顔を上げると、真摯《しんし》な眼差しに絡め取られた。

「違うんです……恥ずかしくて言えなかったんです。誤解させたのなら、すみません」

「恥ずかしくて……って、なんで？　その、あの」

私は目線を彷徨わせたあと、思い切って顔を上げた。

「かっこよかった、です」

佐野さんの顔がぶわわと真っ赤になる。私の頬もめちゃくちゃ熱い。

佐野さんは深呼吸を何回かしたあと、私をベンチに誘ってくれた。並んで座って、佐野さんの話を聞く。

「だって恥ずかしいじゃないですか。俺多分、かっこいいから見に来てくれって……それで失敗したらダサイし」

「い、言ってほしかった、です」

佐野さんは私を覗き込んで「すみません」と眉を下げた。目は柔らかく私を見ていて、頬は上気していて――……

佐野さんも私のこと、好きになってくれたのかな。さっそくお守り効果出てる？

どっくどっくと鼓膜の横に心臓が来たみたいに鼓動の音が聞こえる。

「着替えたら時間できるから、よければ一緒に祭りまわりませんか」

佐野さんの言葉に、何度もこくこくと頷いた。

しばらくベンチで佐野さんの帰りを待っていると、社務所のほうから綺麗《きれい》な女性が出てきた。

さらりと黒く長い髪が風になびく。黄色い声が喉まででかかった――彼女、「王子様」だ！

軽く目を伏せて髪を払う仕草《しぐさ》は、まるで映画のワンシーンのようだった。

思わず見惚れている私に気がついているのかいないのか、王子様は隣のベンチに座って携帯を弄る。誰かを待っているかのような仕草だった。

ややあってやって来たのは、初老の、神主さんみたいな格好をした人だった。浅葱《あさぎ》色の袴《はかま》が涼しげだ。

「ジュンちゃん」

神主さんがそう言いながら彼女の横に座る。そうか、王子様はジュンさんというのか……

「先生。お疲れさまです」

「ジュンちゃんこそ。今年も素晴らしかったね。声援も」

「いえ……タカカズにはまた負けました。悔しいです」

内容の割にさっぱりとした口調だった。

……佐野さんも「タカカズ」だ。

佐野鷹和。

「彼は別格だからなあ」

「……きっとわたしは、タカカズの背中を一生見つめ続けるんでしょうね」

ぼそりとそう呟いてから、ジュンさんは爽《さわ》やかに言い放つ。

「まあ、いいです。タカカズのこと愛してるから」

ドキッ、とした。

佐野さんのことだったらどうしよう……？

こっそりと見つめる先で、神主さんが大きく破顔した。

「相変わらず熱烈だね」

「そうでしょう？　でも多分、相思相愛ですよ？」

ふふ、とジュンさんが軽やかに笑う。

相思相愛——……って。

ジュンさんの言う「タカカズ」がもし佐野さんなら、私はこの綺麗な女性には敵《かな》わないんじゃないだろうか。肋骨の奥が嫌な感じで軋《きし》んだ。

「そろそろ行きますか。納会の準備もあるし」

「そうしようか」

ふたりは連れ立って、鳥居の先の階段を下りていく。私はぼうっと五月の空を見上げた。

……違うよね？

「折口さん！　すみません、お待たせしました」

声が聞こえ、目をやると私服に着替えた佐野さんが急ぎ足でやって来てくれるところだった。白いTシャツに黒いボトムス、シンプルだけどかっこいい。ていうか多分、私佐野さんが何を着てもかっこいいと思っちゃうんだろうなあ。

「行きましょうか」

私はただ佐野さんを見上げる。

……聞いてみてもいいかな？

佐野さんはジュンさんとどんな関係なの？

……でも、ダメだ。付き合っているわけでもないのに「あの女、誰」なんて聞けないよ。

そもそも「タカカズ」が佐野さんだとも限らない。そう珍しい名前でもない。貴一とか、高和とか、いっぱいいる。

「折口さん？　大丈夫ですか、疲れていますか」

「つあ、いいえ！　大丈夫です！」

バッと立ち上がり、大きく笑ってみせた。佐野さんはほっとしたように微笑み、それからしばらく迷った顔をして思い切ったように私の手を握る。大きな手に豆がたくさんある理由に、ようやく思い至った。

ふわりと少しシトラス系のいい匂いがする。汗をかいただろうし、シャワーを浴びたのかもしれなかった。

手を包まれる体温に、心臓が高鳴る。変な汗が出ちゃいそうだった。

「小学生の頃から弓道の教室に通っていたんですが、そこの先生がここの神主なんです」

階段を下りつつ佐野さんが言う。高校生のときに誘われて流鏑馬を始めたこと、毎年参加していること。

「か、かっこよかったです。馬に乗れるだけですごいのに両手を離して弓まで射って」

「あ、ありがとう……」

佐野さんが明後日のほうを向いて頬をかく。明らかに照れている仕草に、胸がきゅうんとする。こんなにかっこいい男性なのに、案外と恋愛慣れしていないのかな。

そんな彼にもきゅんきゅんしていると、佐野さんはバッと私を見て思い切ったように言う。

「折口さんも可愛い」

「……へ？」

「仕草とかも可愛いし、今日の服も似合ってるし、声も可愛い。それから、ええと」

ぽかんと彼を見上げる。頬どころか全身が熱い。

そんな私を見下ろし、佐野さんは続ける。

「悪い、あんまり言い慣れてなくて、折口さんは他にも可愛いところたくさんあるのにうまく言えない……とにかく、可愛い」

そう言い切ってから、彼は耳まで赤くして目線を逸《そ》らす。しゅうう、と蒸気の音がしそうなくらい、真っ赤だ。

「と、思ってます……」

弱々しい声が続いた。

「は、はいっ」

私はなんでか背筋を伸ばしてしまう。

「ありがとうございます……っ」

佐野さんは目を上げ、ちょっと脱力した感じの、いつもの笑顔を向けてくれた。

階段を下り切った、駐車場を兼ねた広場は今日はお祭りの会場だ。

「わ、いちご飴！」

「食べようか」

佐野さんに手を引かれ、いちご飴を買う。舐《な》めながら出店を回ると、ウキウキしてスキップしたい気分になる。

ふと佐野さんを見上げると、佐野さんも頬を緩めてにこにこしてくれていて、ちょっと泣きかけちゃうくらい嬉しい。

「あ、射的。懐かしい」

出店のひとつに、射的があった。ライフルみたいなコルク鉄砲で商品を撃つ、昔懐かしいアレだ。

「やってみていいですか？」

「もちろん」

お兄さんにお金を払い、鉄砲を受け取る。コルクの弾《たま》は五発だ。

見よう見まねで構えて撃ってみるけれど、見事に一発も当たらない。

「うー、風で流されてる気もする～」

「一発でも当たったら、参加賞にジュースつけるよ～」

お兄さんがうちわで自分を仰ぎながら言う。足元のクーラーボックスには、たっぷりの氷と一緒にジュースの缶が冷えている。

「おいしそう」

ぽつりと呟き、今度こそと銃を構えた——その背後から、熱い体温が覆《おお》い被さってくる。

「……っ⁉」

「手伝います。得意な方なので」

背後から私を抱き込み、佐野さんが言う。その手は銃を構える私の手の上に重ねられた。

頬が火照《ほて》るどころの騒ぎじゃない。

ばくばくと暴れる心臓が口から出かかっている間に、佐野さんは銃の持ち手あたりを親指の腹で撫でた。

可愛がるような仕草だな、とどこかぼんやりと思う。

「じゃあ、撃ちますよ」

佐野さんの言葉に頷く。同時に指に力が入って、コルクの弾が弧《こ》を描いてお菓子付きのおもちゃを倒した。

目を瞬く。そんな簡単に！

「おお、大当たり」

お兄さんが目を丸くして、それから私と佐野さんにジュースをずいっと差し出す。

「わ、二本もいいんですか？」

「いいよ、彼氏さんのほうはオレから差し入れ。流鏑馬出てただろ？　見たよー」

「恐縮です」

佐野さんが二本とも受け取ってくれて「どっちにする？」と私に微笑む。

私は「彼氏さん」と言われた衝撃で頭がふわふわしたままオレンジジュースを選ぶと、お兄さんの爆笑する声がすぐに聞こえた。

「え、何、彼氏さんすっごい過保護。ちょっとジュース渡すのもダメ？」

「え？」

きょとんとする私の横で、佐野さんはお兄さんから落としたお菓子を受け取る。

「ああ……すみません、完全に無意識でした。ご不快に思われたなら」

「いやいや、いーよいーよ」

まだ笑っているお兄さんにお礼を言って屋台を離れる。

佐野さんに再び手を引かれて隅のほうにあるベンチに座り、並んで缶を開けた。

「あの、佐野さん。無意識って？」

オレンジジュースを口にしながら聞くと、佐野さんは「う」と眉を寄せて目元を赤くした。

「その……あの、なんというか。折口さんを他の男に触らせたくなかったと言いますか」

佐野さんは大きな手を口に当て、微妙に視線を彷徨わせながらそんなことを言う。

「えっ」

全身からドッと汗が出た。ドキドキと心臓がうるさい。それって、それって……

「あの、佐野さん。えっとその、えっと」

私のこと好きになってくれたんですか？

そう聞こうと思ったけれど、うまく考えがまとまらない。その間に、佐野さんが続きの言葉を口にした。

「この間、ナンパされていたとき……男性を怖がっているように見えたので、咄嗟《とっさ》に。余計な世話だったかもしれないですが」

私は目を瞠る。

そんなところまで見てくれていたんだ……！

……好きになってくれた云々《うんぬん》は、早とちりだったみたいだけど、でも素直に嬉しい。

「あ、ありがとうございます。でも私、佐野さんといると、そんなに怖くないかな……」

不思議だけれど、そう感じる。

守られている。そんな気がして……

そう伝えると、佐野さんははにかんだように笑う。胸の奥がきゅーっとした。

なんて可愛い男の人なんだろう。あったかくて、優しくて、穏やかで——

この人とこれからもいたいなと、心底思う。

いまよりもっと、ずっと、そばにいられたら……

「あの、佐野さん」

唇と舌が自然と動いた。佐野さんがこちらに顔を向ける。その精悍な眼差しに向かって口を開く。

「私、佐野さんが好きです」

気がつけばするりと言葉が出ていた。佐野さんがこれでもかと目を丸くする。

一世一代の告白だった。

佐野さんは缶を持ったまま固まっている。

頬は赤くない。

ただ、呆然と私を見ていた。困惑さえ感じる表情に、お祭りの音が急に小さくなったみたいに思えた。

目が熱い。ああどうしよう、なんで勢いで告白しちゃったんだろう。

ふいにジュンさんの美しいかんばせが思い浮かぶ。苦しくなってうまく息ができない。

やっぱり「タカカズ」は佐野さんのことなの？　ふたりは――付き合ってるの？

「ご、めんなさ……っ、困らせ、てっ」

目が勝手に潤《うる》む。やめてよ流れないで涙、佐野さんにこれ以上迷惑かけたくないのに。

私は缶をベンチに置いて、慌てて涙を拭《ぬぐ》って笑った。

「いまの、忘れてくださ……っ」

「いやだ」

佐野さんは私の手を握り、真剣な顔で私を覗き込む。

「忘れたくない」

「でも」

「違うんだ」

佐野さんは焦燥《しょうそう》をその精悍なかんばせにはっきりと浮かべ、握る手の力を強くする。

「俺も折口さんが好きです」

佐野さんはそう言って私の指に口づけた。混乱しつつ、ぼっと頬から火が出そうで手を引こうとするも、ぎゅっと掴まれたまま。

「ただ、……事件のトラウマで男が怖いのなら、少しずつ距離を詰めてと、そう思ってました」

「あ……」

「だから、その」

佐野さんはそう言ってからパッと顔を上げる。

「もし、俺が怖くないのなら」

「怖いわけ、ないです」

「嫌でないのなら」

「嫌なはずないです」

大好きなのに。

私の答えに、佐野さんは真剣な表情で唇を引き結んだ。

弓を引いているときの、あの凛々しい眼差しとそっくり同じ視線に、知らず呼吸を止めてしまう。

「折口さん——日菜子さん、好きです。俺と付き合ってください」

「……、はいっ」

今度は嬉しくて涙が出た。佐野さんは親指の腹で私の涙を拭ってくれる。

脱力したような笑顔が、たまらなく大好きだと思う。

そのあともお祭りを楽しんで、最寄り駅近くのレストランで夕食まで摂ってからマンションまで帰ってきた。手はしっかりと繋いだまま——指を絡めて、握り合ったままに。

ドキドキしながら一緒にエレベーターに乗り込む。見知った場所なのに、知らないところみたい。

見上げると佐野さんと目が合って、佐野さんが柔らかく笑ってくれて——

両思いなんだ。

そう思うと飛び跳ねたい気分になってしまう。もう十分にいい大人なのに！

部屋の前まで来て、ドアの前でふたりで佇む。

佐野さんは繋いだ手のまま、親指の指先で私の手のひらをくすぐったりきゅっきゅっと力をこめてみたりしている。手を離したくないなあと佐野さんが思ってくれているのがわかって、とても嬉しい。

「あの、もう少し、一緒にいられませんか」

「え」

「一緒にいたいなあって……」

言葉にするとやけに気恥ずかしくて、語尾が尻すぼみになる。

佐野さんはぐっと息を呑んだあと、「よければ、うちに」と彼の部屋の鍵を取り出した。

「お邪魔しまーす……わあ片付いてる」

佐野さんの部屋はすごくシンプルだった。基本的にモノトーン系で、余計なものが一切ない感じだ。というより、削《そ》ぎ落としているイメージ。

「最近まで寮暮らしでしたから、モノ自体がないんです」

「ていうか、やっぱり間取り違いますよね？　1LDK？　角部屋だからかな。いいなあ」

私の部屋はワンルームだけど、佐野さんの家はもう一部屋あるみたいだった。ただ、ベッドもテレビも同じ部屋にあるから、寝室にしているわけではないらしい。

「もう一部屋は筋トレ部屋ですね」

「筋トレ？」

「鍛えないといけないので」

さらっと言う彼の言葉に、仕事に対する矜持《きょうじ》が見え隠れした。少し背筋が伸びる。

機動隊なんて危ないお仕事も訓練も、仕事だからしょうがなくやってるんじゃないかなって頭のどこかで思ってた。だってそんなこと想像できないくらい穏やかな人だから。でも、そうじゃないいんだ……

彼は誇《ほこ》りを持って、警察官をしているんだ。

佐野さんは内心反省しまくっている私にローテーブル前のソファを勧めた。お礼を言ってこわごわ座る。男の人の部屋なんて初めてだ……！

「どうぞ」

佐野さんはペットボトルからアイスコーヒーをグラスに注いでくれる。

「酒の他は、これと水くらいしかなくて」

申し訳なさそうな顔がなんだか可愛い。

「いえ、好きです。いただきます」

佐野さんもグラス片手に私の横に座る。心臓が破裂するかと思った。——すごく距離が近い！

ぎゅむっとくっつく感じに思わず身体が強張《こわば》った。

「……すみません、ソファ小さくて」

「っ、いえ」

「俺、ラグに座りますね」

立ち上がりかけた佐野さんの服の裾を、慌てて摘まむ。

「日菜子さん？」

「ご、ごめんなさい。でも、くっついていたいです」

「……！」

佐野さんは顔を真っ赤にし焦《あせ》った顔をして、それからゆっくりと座り直す。そうして私の手からグラスをそっと受け取り、ローテーブルに置いた。

きょとんと彼を見上げると、佐野さんの熱い視線とぶつかった。

「あ……」

佐野さんの節張った指が頬を撫でる。思わずコクっと唾を呑んだ私から一瞬たりとも視線を逸らさず、佐野さんは「日菜子さん」と私を呼ぶ。

「は、はい」

「キスしてもいいですか」

ぶわわと頬に熱が集まったのがわかった。

こくこくと頷くと、佐野さんが微かに目を細める。ゆっくりと近づいてくる彼の体温に、反射的に目を閉じた。

唇が重なる。

あったかくて、柔らかくて、少しだけかさついていて。

初めてのキスは、うっとりするくらい優しくて甘かった。ほのかにコーヒーの味がする。

「ん……」

自然と声が漏れて自分でも驚く。甘えた、どこかあざとささえ感じる声に急激に羞恥《しゅうち》が湧いた。

変な声だったかな。引かれてたらどうしよう?

佐野さんが離れて、私は恐る恐る目を開く。

彼がへにゃりと柔らかく笑ってくれて、ほっとした。

「可愛い」

佐野さんの声が少し掠れていて、どこかひどく官能的だった。

お腹の奥のほうが、きゅっと疼《うず》く。

な、何これ。ドキドキしながら見上げると、佐野さんは私の唇を撫でた。またキスしたいって思ってしまう。

「あ、あの。わがまま言っていいですか」

「ん？　もちろん」

佐野さんはいつもどおりの笑顔のままで頷く。

ほっとして、少し申し訳なさを感じつつも思い切ってお願いしてみた。

「もう一回、キスしてほしいです」

「……！」

佐野さんが衝撃を受けた顔をして目を丸くする。私は慌てて首を振った。

「あ、あの。もちろん嫌なら、その」

「嫌なわけないでしょう……！」

佐野さんはちゅっと優しくキスをしてくれたあと、なんでか少し怒っているようにも見える顔で続けた。

「それをわがままだと認識していることに驚いただけです」

「す、すみません……？　あの、キスが気持ちよくて、その」

「謝らないで。あと煽《あお》らないでくれ」

佐野さんはまたキスをしてくれる。でもさっきまでのキスとは違った。ぬるっと舌が入り込んでくる。目を閉じる余裕すらなかった。

目を丸くしてただ、口の中で彼の舌が動くのを感じる。ぞくぞくして、くらくらして、心臓は破裂しそうに拍動する。

佐野さんの舌は、大きくて、私のより分厚い。それが私の歯列を舐《な》め、頬の粘膜を擦り、舌を絡めて付け根をつつく。

「う、あ」

声を我慢なんかできなかった。ただ佐野さんにしがみついて、無様《ぶざま》に口の端から涎《よだれ》を垂らす。

気がつけば腰が抜けたみたいに力が入らなくて、佐野さんに後頭部と腰を支えられ口の中を丹念に味わわれていた。

口蓋《こうがい》を撫でられ、ちゅうっと舌を吸われると信じられないことに身体が疼く。

口の中が性感帯だなんて、知らなかった。

だって毎日ご飯だって食べるし、歯磨きするし、歯医者さんだって行くし。でもこんなふうになったのは初めてだ。

快楽は、切なさにも似た歓喜を呼び起こして——私はどうしようもなくて、ただ彼の名前を呼んだ。

「は、はぁっ、佐野さん、佐野さん……好き」

佐野さんは私の口を貪《むさぼ》りながらぐっと手に力をこめた。彼の唇がわずかにわななく。

好きって言われるの、嬉しいのかな。

そう思うと、きゅんとした。

舌を誘い出されて甘噛《が》みされて、もう頭の中はとろとろだった。何がなんだか、もはやわからない。

キスとキスのあいまに、ただ喘《あえ》ぐように素直に気持ちを伝える。

「んっ、好き、好き、好きっ……」

佐野さんは角度を変えて何度も唇を重ねつつ、熱い吐息のはざまに「マジか」と幾度か呟く。

意味はわからなかったけれど、嫌な感じの口調じゃなかった。

というか、初めて味わうキスとその気持ちよさに思考がバラバラで理解がついていかない。

ゆっくりと唇が離れていく。私は口を半開きにしたまま、口内にあったお互いの唾液が混じったものをこくんと飲み込む。

佐野さんがぐっと息を呑む。喉仏が動いたのが、ひどく艶《なま》めかしくて指先が震えた。

「日菜子、好き、可愛い、大好きだ」

佐野さんは私を呼び捨てにしたあと、こつんと額を合わせ、至近距離で言う。

「もっとしていいですか？」

もっと、はキスという意味？

それとも……その先？

どちらでも構わなかった。佐野さんになら、何をされたって。

私が頷くと、佐野さんは私を抱き上げてベッドに連れて行く。ひとり暮らしにしてはベッドが大きい。

「……誰かと暮らしてたことがありますか？」

自分に湧いた感情が嫉妬だと理解する前に、するりと言葉が勝手に出ていた。頭をよぎったのはさっきの女性、ジュンさんだった。

頬を撫でる佐野さんの大きな手のひらに擦り寄り、じっと彼を見つめると、佐野さんはぽかんとしたあとに「まさか」と慌てたように首を振る。

「ベッドがでかいから？」

ん、と小さく頷いた。佐野さんはさらさらと私の髪を撫でる。

「寝心地がいいからでかいのを買っただけで……そもそも俺は寮でした」

「そっか」

こくりと頷く私を、佐野さんはぎゅっと抱き締める。

「やきもち？」

「なの、かな」

初めてなのだ。恋人ができるのも、こんなふうにベッドに押し倒されるのも……

「嬉しい」

佐野さんは私にたくさんキスを落としてくる。触れるだけの軽いキスだ。頭に、頬に、こめかみに、顎に、鼻に。

「でもなんで？　ちょっとベッドがでかいくらいで……なんか俺、誤解させる言動とか取ってました？」

佐野さんが優しく私の頬をくすぐる。その指先に甘さを感じながら、蚊の鳴くような声で聞いてみた。

「あ、の。流鏑馬で一緒だった女性……、ジュンさん？　あの方って」

「ジュン？　ああ、紹介すればよかったな……姉です。双子の姉」

「双子？」

「そうです」

佐野さんがきょとんとする。私は頬に熱が集まるのを覚えていた。

お、お姉さん……それも、双子の！

そういえば、初めて会ったときに言ってた。負けず嫌いで、何かと勝負させられるお姉さんがいるって……流鏑馬のことだったんだ。

「す、すみません。ちょっと誤解を」

しどろもどろになりながら、ジュンさんを見かけたときのことを話す。佐野さんは思い切り苦笑した。

「流鏑馬以外は全部あいつが勝ってきたんですけどね。勉強も部活も……どうにも、弟にひとつでも負けているのがあるのが許せないみたいで」

「お姉ちゃんのプライドですね」

私が言うと、佐野さんは優しく微笑んで私の頬にキスを落とす。

「でも良かった。変に誤解されたままじゃなくて……これからも何かあったらすぐ言ってください」

そうして唇が重なり、またすぐに深くなった。口の中を彼の舌が這《は》っていく。

身体を重ねてそんなキスをされると、さっきより貪られている感じになって身体が熱くなる。

思考が解けていく――……

佐野さんが唇を離し、私の首筋にキスを落とす。勝手に肩が揺れてしまう。なだめるように彼は鼻先で肌をなぞったあと、べろりと舌で同じところを舐めた。

「や、ぁ……っ」

思わず声を漏らした私に構うことなく、佐野さんは首を舐めたりちゅっと吸ったりしている。そのたびに声が漏れて恥ずかしい。けれど佐野さんはとても嬉しそうにする。

「可愛い、日菜子さん」

また「さん」付けになって、ちょっと寂しい。けれどそんな思考は、佐野さんが首から顎の下をべろりと舐め上げたことで霧散した。

「ひゃあっ」

くすぐったくて、同時に気持ちよくて。

思わず顎を上げた私の首を、佐野さんが甘噛みする。

獰猛《どうもう》な視線が私を射抜いていた。

いつもは優しく穏やかな色をしている瞳が、昏《くら》い熱を孕《はら》んでぎらついていた。心臓をむぎゅっと潰された気分になると同時に、理解する。

ああ私、食べられちゃうんだ……

佐野さんは無言で私の服をするすると脱がせる。いつもの彼と全然違う。ドキドキするけど、嫌なドキドキじゃない。

ううん、むしろ……

下着に手をかけられて、私は恥ずかしくて身体を丸める。佐野さんが私の頭の横に手をついてじっと私を見下ろした。

おずおずと視線を向けると、佐野さんは「嫌ですか？」と優しく穏やかな声で言う。瞳はぎらついて、精悍な眉目は顰《ひそ》められ、信じられないほど興奮しているのを全く隠せていないのに、声だけはいつもどおりだった。

ああ、怖がらせまいとしているのだ。

そう思うと、きゅんとした。

「怖くないですか？　俺」

「怖くないです」

私は仰向けになって、彼に向かって両手を広げた。

「大好きです。抱いて……」

佐野さんがぐっと喉元で低く唸《うな》った。

「無自覚なのか、君は……っ」

がばりと抱き締められる。ぐぐっと押し付けられたのは、昂《たかぶ》った彼の熱だ。

「くそ、もう出る。こんなの……っ」

佐野さんはそう言って起き上がり、バッと自分も服を脱ぐ。下着すらベッド下に脱ぎ散らかすように放り投げ、私の腰のあたりを跨《また》いで膝立ちになって見下ろしてくる。

しっかりと鍛えられた筋肉に思わず目を奪われる。胸のあたりが浅く上下しているのが、彼の興奮をまざまざと私に伝えてきていた。

一瞬で目を逸らした彼の昂りは、思っていたものより、太く、長く、雄々《おお》しく感じた。

私にちゃんと入るのか、ちょっと不安になってくる。指さえ挿《い》れたこと、ないのに。

佐野さんは私の頬をくすぐって、それからブラジャーをゆっくりと外す。反射的に隠しそうになったけれど、また彼に気を使わせるのが申し訳ない。

きゅっと唇を噛んで、顔だけ背けて目を閉じた。

瞼《まぶた》に柔らかな感触が触れて、目を開く。佐野さんは私の髪を撫でて、こめかみにもキスをしてくれる。

そこは、かつてあの事件で傷つけられた箇所だった。傷跡なんか、ほとんど残ってない。なのにそこに彼は執拗《しつよう》とも思えるほどに、何度もキスを繰り返した。

「綺麗です」

微かに掠れたその声に、身体中が火照るのがわかった。

佐野さんが私をじっと見つめたまま乳房に触れる。私が怖がってないか、探る目線だった。

にこりと微笑み返すと、彼はほっとしたように手に力をこめる。

「んっ」

口元に手を当て、思わず零れる甘えた声を抑えようとする。

佐野さんは「日菜子さん」と柔らかな視線を向けてくる。

「声、聞かせてください。すごく可愛いのに」

「っ、でもっ」

「日菜子」

嗜《たしな》めるように呼び捨てにされ、私はおずおずと手を下ろした。どこに置いていたらいいかわからなくて、そのまま頭の下にあった枕を掴む。

「いい子」

褒《ほ》められて反射的に笑顔を浮かべた瞬間、きゅっと先端を摘まれた。

声も出ずに悲鳴のように喘いでしまう。くすぐったいのを何倍にも強くしたような感覚は、初めての私にもはっきりと性的な快楽だとわかる。

「ぃやあっ」

佐野さんは「はー」と息を吐《は》いてその精悍な眉目を強く寄せた。

「感じてくれてるの、本当可愛い……」

そのまま少し硬い指先で先端を軽く弾《はじ》く。子犬の鳴き声みたいな、動物めいた声を無様に零した私に、佐野さんは情欲で染まった瞳で優しく笑う。

「少し強いほうが気持ちいい？」

「や、そんなの、……っ」

知らない、わからないと言い終わる前に、乳房を強めに揉《も》みしだかれた。

「あ、あっ」

ぐにゅぐにゅと、乳腺を伸ばされ形が変わってしまうくらいに。思わず腰が浮いた。

「は、はぁっ、あっ」

甘い切なさがお腹の奥で燻《くすぶ》る。じゅくじゅくと、下腹部が充血して潤んでいく。

佐野さんは私をじっと見つめたあと、目を逸らさないまま口を開き先端を口に含む。

「あ、あっ」

ぴりっとした快感が、腰を疼かせた。

彼の温かな口内で、先端がこりこりと舌で歯で甚振《いたぶ》られる。すっかり硬くなったそれを、佐野さんはちゅうっと赤ちゃんみたいに吸う。思わず足が跳ねた。

佐野さんはそんなことに全く構う様子も見せずに——まるで夢中になっているかのように吸い上げては、舌で押し潰したり甘噛みしたりし続ける。

「ん、ぁ、あっ、んぁっ」

ちゅぷ、とわざとらしい音を立てて口を離した佐野さんの手が、太ももを撫でる。くすぐったくて身を捩《よじ》ると、佐野さんは楽しげに私の膝裏を持ち上げてキスを落とした。ぼっと頬が熱くなる。

「足、弱い？」

「かも、しれないです……」

「可愛い」

佐野さんは太ももにもキスを落とす。少しずつ位置を変えながら、やがて足の付け根にちゅっと彼の唇の柔らかさを感じる。

「さ、佐野さん。あの、そこ汚いと、思います」

どっどっどっと心臓が変に脈打った。

今日結構暑かったし、汗たくさんかいてるし……！

佐野さんは私の膝を掴んで「ん?」と首を傾《かし》げた。

「大丈夫。むしろ興奮するから」

「え、ええっ」

「日菜子さん、気にしないで。リラックスしててください」

リラックスなんてできない……っ。

佐野さんはショーツのクロッチの上から唇で噛むような仕草を繰り返す。羞恥と、時折ぴりっと走る刺激に全身からドッと汗が出てしまう。

クロッチが濡れているのがわかる。

私から溢れたものと、佐野さんの唾液が入り混じってぐちょぐちょだ。恥ずかしくて足を閉じてしまいたい。

「ほら、可愛い……」

佐野さんはクロッチをずらして密《ひそ》やかな声で言う。ぞくぞくと背骨を伝ってくるような声音だった。

佐野さんがべろりと大きくそこを舐める。

「や……っ」

つい逃げた腰を、佐野さんが掴み直す。そうして舌で肉芽をぺろぺろと舐めた。飴でも舐めてるみたいに、夢中で貪るみたいに――……

「あ、やだ、やだ、やぁっ」

足をばたつかせる。佐野さんが私を見上げた。

愉《たの》しげに細められた目が、ぞっとするくらい官能的だった。下腹部がきゅうっ……と収縮する。

「噛んでいいですか？」

「え？」

「痛くしないから」

噛むって何をどうするの？

困惑している間に、信じられないくらい鮮烈な快楽を与えられ目を見開く。佐野さんが肉芽を甘噛みしては舌で押し潰す。あまりのことに腰が浮いた。

「あぁぁ、っ、いやぁあっ」

「日菜子さんの感じてる声、ヤバいなー……」

佐野さんはうっとりと言う。目の奥が熱い。どうしよう、気持ちいい、怖い。

佐野さんはなだめるように太ももを撫でたあと、ちゅっと肉芽に吸い付いた。思わず目を見開く。

「あ、あ……あ」

小刻みに強弱をつけて肉芽を吸われ、下腹部が痙攣《けいれん》しだす。いっそう強く吸われた瞬間、頭の中が真っ白になる。

力を抜いてシーツに身体を預ける私を見下ろしながら、佐野さんが拳《こぶし》で口を拭《ぬぐ》う。

「イってくれて嬉しい」

佐野さんが嬉しげに微笑み、ちゅくっと入り口に指を這わせる。ゆっくりと指がナカへ侵入してくる。

「ふ、ぅっ……」

自分のナカが、とろとろになっているのがわかる。ずぶずぶと彼の指を飲み込んでいく粘膜に恐怖を覚えた。

初めてなのに、身体は淫《みだ》らに反応して雄《おす》を求めてあさましく揺れていた。

「さ、のさん……」

私は痺《しび》れた思考のまま、なんとか必死で口にする。

「ん？」

佐野さんは優しげな声で聞き返してくれながらも、クチュクチュとナカを弄る指を止めないままだ。

「そのっ、あんっ、い、言うタイミングがなくてっ」

「うん」

淫靡《いんび》な水音がちゅこちゅこと、どこか空気を含むものに変わっていく。疼き続ける子宮が切なさを通り越して痛みさえ覚えてきた。

慰《なぐさ》めてほしいと、自然と腰が浮く。

「私っ、初めて……っ」

「え」

佐野さんがびくっと肩を揺らすと、彼の指が肉襞を擦るように動く。とたんに、悲鳴のように喘いでしまった。

知らない感覚だった。何度か息を吸い込み快楽の波が去るのを待つ。なのにきゅんっと私の粘膜は勝手に彼の指を食いしばる。もっともっと、とねだるみたいに。

はしたなくそこを指に擦り付けそうになり、必死で欲求から逃れようとシーツをもがく。

佐野さんが軽く眉を上げた。

「ここ、気持ちいいですか？　すごいうねる……」

「ま、待って、そこだめ、だめっ」

ぐちゅぐちゅとその恥骨の裏側あたりめがけ指で擦られる。いつの間にか二本に増えた指が肉襞を淫らに弄《まさぐ》った。

「あ、ぁあっ」

私はいやいやと首を振る。じわじわと下腹部に熱が溜まっていく。いまにも弾けそうな熱が――

「だ、め。来ちゃう……っ」

何が来るのかは、わからなかった。ただ淫猥《いんわい》すぎる感覚に襲われ、半ば歯を食いしばるようにしながら漏れ出た声だった。

「あ、あ――……っ」

自分のナカがぎゅうっと彼の指を締め付けたのがわかる。蕩けそうな肉襞がとても熱いのも、きゅんきゅんと痙攣しているのも。

子宮が切なく疼く。くすぐったさにも似ていた。

慰めてほしくて、ナカを充たしてほしくて、イったばかりだというのに腰が動きそうになってなんとか耐える。

はあはあと必死で呼吸していると、ぎゅっと抱き締められる。

「日菜子さん、可愛い」

「そ、んなこと……」

「ある。すごく可愛い……ごめん、こんなこと言っていいかわからないんですけど、日菜子さんが初めてって知ってすごくほっとしてます」

「え、どうして……面倒くさくないんですか」

「そんなわけないです。君のこんなに可愛いところ、他の男が見ていなくて本当に良かった……」

そう言いながら彼はちゅっ、ちゅっ、と私の頬にキスを落としてくる。そうして腕をついて身体を起こし、ベッド脇の棚を開く。

消毒液や絆創膏《ばんそうこう》が入ったそこから、薬局なんかで見かける避妊具の箱が出てきた。未開封だったそれからパッケージを取り出し、佐野さんは自らの屹立にそれを被せた。

さっきより、太くなってる。

血管が浮き出た、大きく生々しいその昂りを、私は妙に愛おしく思う。きっと他の人のだったら、グロテスクで怖いだけだったんじゃないかな。

佐野さんのだから、佐野さんだから――

私は抱かれたいし、彼の熱を受け入れたい。

改めて実感した感情に照れてしまい反対を向くと、佐野さんが私の頭をよしよしと撫でる。心配げな雰囲気が伝わってくる。

「あ、その、違います」

私は慌てて彼のほうを向いて眉を下げた。

「いまの照れただけで、怖いとかじゃないです」

言いながら、ちゃんと伝わってるか不安になって言い添える。

「好きです。大好き。あなたになら何をされてもいいって思ってます」

「……俺も好き」

佐野さんが掠れた声で返す。切なげに寄った眉が、その言葉に嘘《うそ》がないとはっきりと伝えてくれていた。

「好きです。日菜子さん、愛してる――」

かき抱かれ、入り口に昂りの先端があてがわれる。ぬちっ、と水音を纏《まと》い彼の肉ばった先端が埋め込まれた。

「っ、あ」

思わず身体が跳ねた。佐野さんが低く息を吐きながら私の背中を撫でる。何度か息をしたあと、少し落ち着いた私の奥へ、彼はゆっくりゆっくりと進んできた。

「痛くないですか？」

曖昧《あいまい》に首を捻《ひね》る。みちみちと拓《ひら》かれる感覚は、正直なところ痛いし辛《つら》い。

でもそれよりなにより、彼のものが私のナカに入ってきているという事実が、涙が出るくらいに嬉しいのだ。

まだ出会って間もないのに、どうしてこんなに好きなんだろう。

どうしてこんなに求めてしまうんだろう？

佐野さんは少し進んでは腰を止めて、そのたびにキスをしたり髪を撫でたりしてくれる。私の痛みが最小限で済むように気を使ってくれている。

大切にされているのだと思うと、嬉しくてたまらない。

それにどうにもきゅんとしてしまう。感情と身体がどうリンクしているのかわからないけれど、とにかくこの「きゅん」はナカをぎゅうっとうねらせた。

「っ、日菜子さん、締め付けすぎ……」

私の顔の横に手をついて、佐野さんは「はー」と掠れた息を吐いた。ナカで彼の太い熱がびくっとしたのがわかる。

「佐野さん……動きたい、なら」

「日菜子さん」

佐野さんは私の頬をくすぐるように撫で、優しく微笑んだ。

「一緒に気持ちよくなりたい。だめ？」

可愛すぎる顔で言われて、胸がきゅうんとしすぎて彼にガバリと抱きついてしまう。その勢いで、彼の昂りがぐぐっと奥まで進んでしまった。

「あっ」

思わずのけぞる。佐野さんがハッとしたように「日菜子さん」と私を覗き込んだ。

「悪い、痛いよな……？」

私はふるふると首を振る。みちみちと拡がる痛みは確かにあるけれど、それよりも、欲しかった渇きが満たされた感覚に息を吐《つ》く。

「ぜんぶ、入りましたか……？」

佐野さんは目を瞠《みは》り、それから穏やかに頷く。

「全部入ってる。ほら」

ぬちぬちと下生えを擦り合わせるように動かれる。ぬるついた淫らな液体の音がするのは、私から溢れたもののせいだろう。

「ん、よかった……っ、あんっ」

結合部を擦り合わせるように動かれると、ちょうど肉芽が押し潰されてしまう。ピリピリした快楽と、ナカが充溢した満足感とで驚くほど気持ちいい。

「ん、ふぅっ、うっ」

「日菜子さん、これ気持ちいい？」

佐野さんが嬉しげに言って、最奥に肉ばった先端をぐりぐりと押し付けてくる。

「ん、……っ」

痛みもある。けれど私の身体は確実に快楽を拾って淫らに濡れていた。

恥ずかしくて「気持ちいい」って素直に言えなくて、ただ眉を寄せて佐野さんを見つめる。

「気持ちよさそうな顔してる」

佐野さんは呟いて、嬉しそうに軽く身体を起こす。そうして一番奥に向けて優しく優しく腰を動かしながら、肉芽にきゅっと触れた。

「やんっ！」

思わずびくっと腰を揺らしてしまった私に佐野さんは微笑み、指先で肉芽をトントンと叩《たた》く。

「あ、あ、あっ、いやぁっ」

つい腰が揺れてしまう。そんな私を満足そうに見下ろしながら、佐野さんは口を開いた。

「ここ、少し強く弄ってもいいかな。皮は剥《む》かないから」

「強く……？」

皮？　なんのことかわからない私に佐野さんはうっすらと笑った。

「日菜子さんのこともっと気持ちよくしたいから」

腰をゆるゆると動かしながら、彼は肉芽の上で指を小さく動かした。

「え、え？」

混乱している私を佐野さんがちらりと見た。嗜虐《しぎゃく》的な瞳にゾクっとして、きゅうっと彼のを締め付けてしまう。

彼は微かに眉を寄せながら、私から溢れた淫らな水で濡れた肉芽を指先で強く摘まむ。

「…………！」

目を見開いてシーツを握った。無様に腰がぐっと上がりそうになるのを佐野さんの身体が押さえつける。そうして奥を彼は相変わらず優しく抉《えぐ》りながら、肉芽をくちくちと弄った。

神経を弄られている感覚。

あまりに鋭敏な快楽に、声さえ上げられない。

弄られ始めたのとほぼ同時に、弾けるように絶頂してしまう。

顔中に力が入って、きっとひどい顔をしていたと思う。

佐野さんがようやく肉芽から指を離した。はっ、はっ、と浅く何度も呼吸を繰り返した。

死んじゃうところだった、とふと思う。佐野さんに殺されちゃうところだった。

ゆるゆると視線を上げると、佐野さんが私の頬にキスを落とす。

「……可愛い」

佐野さんは、初めて見る色を浮かべていた。興奮とも、恍惚《こうこつ》ともとれる、そんな表情。

そうして、とん、とん、と抽送を始めた。さっきよりちょっとだけ強い。

「んっ」

私の中を、彼のものが動いている……

痛みよりも、そこから生まれる快楽を身体が欲しがって勝手にナカがうねる。粘膜は貪欲に彼のものを食いしばり、何度も痙攣した。

佐野さんが苦しそうに軽く息を吐いて、少しだけ抽送を強くした。シーツを握っていた私の手を解いて繋ぎ、シーツに押し付け、荒く息を吐きながら彼は言う。

「キツくないですか？」

「は、い」

「日菜子さん」

佐野さんは抽送したまま呟く。

「よければ名前を呼んでほしい。鷹和って」

その声音がやけに切なくて、心臓がぎゅうっとわなないた。

「鷹和、さん」

「――ん」

佐野さんは……鷹和さんは嬉しげに目元を緩める。そうして「愛してる」と呟いた。

「愛してる、日菜子」

抽送が激しくなる。ズルズルと彼のものが肉襞を擦り動くたびに生み出される悦楽で、粘膜はぐちゅぐちゅと熱く蕩《とろ》けた。きゅうっ、きゅうっ、と彼のものを規則的に収縮し……

「日菜子さん、イきそう？」

はあっ、と鷹和さんが言う。私は眉を下げて半泣きで曖昧に首を傾げる。

「わかん、なぁ……っ」

私の身体が、私のものじゃないみたい。発情中の動物みたいにひゃんひゃん鳴いて、あさましく悦楽を求めて腰を振る。

「一緒にイこうな」

可愛いと繰り返しながら鷹和さんが言う。

彼のものが最奥まで何度も肉襞を擦りながら動く。彼のものに肉襞が絡み付いて吸い付いて食いしばって、私の頭の中は……身体のなか全部がぐちゃぐちゃだ。

「鷹和さん、やだっ、怖い……っ」

与えられ続ける快楽。

いまからくる「それ」を受け入れたら、私は変わってしまう気がした。細胞の全部を作り変えられてしまうような、そんな予感。

いままでの私じゃなくなってしまうと、そうはっきりと……

「大丈夫」

鷹和さんは穏やかな声で言う。繋いだ手を強く握り、精悍な顔を情欲に染めて。

「大丈夫、日菜子さん、大丈夫」

彼が動くたび、ぐちゅぐちゅと淫らな水音が鼓膜に響く。子宮がきゅっと本能に従って動くのがわかった。

もはや自分がどうなっているのかわからない。恍惚として力を抜いているのかもしれないし、悦楽のせいで足先まで力んでしまっているのかもしれなかった。

ただぐちゃぐちゃになっているであろう顔で好きな人の名前を呼ぶ。

「鷹和さん、鷹和さん……っ」

お腹の奥で、何か弾けるような感覚がした。ずっと求めていた感覚だ。頭の芯までが真っ白に痺れる。ビクビクと自分が鷹和さんのものを咥《くわ》え込んであさましく蠕動《ぜんどう》しているのだけが、なんとなくわかった。

彼のものが脈打って、薄い皮膜越しに欲を吐《は》き出す。

はあはあとお互いの呼吸が入り混じる。

朦朧《もうろう》とした意識の中、額にキスが落ちてきた。

視線が絡んで、気がつけばどちらともなく微笑み合っていた。

一度一線を越してしまうと、一気に鷹和さんとの距離が縮まった。手探りだったのが嘘みたいだ。

「わ、鷹和さん。このお店、おいしそうじゃないですか」

「ほんとですね。日本酒の種類もすごいな」

……敬語をやめるタイミングは、どうやら逃してしまったみたいなのだけれど。

とにかくまあ、鷹和さんの部屋で、ふたりくっついて――というより彼の膝に乗せられて、一緒にスマホを覗いていた。次のデート先を探している最中だ。

すっかり日の暮れたカーテンの向こうでは、雨が降りしきる気配がしている。

そんな少しシンとした夜に彼といると、余計に彼の存在が浮き彫りになってきている気がする。

背中に感じる彼の体温、頭に触れている彼の頬、呼吸の感じ、私の手の上からスマホを支える大きな手のひら。

初めての彼氏だからこんなにドキドキするのかな。それとも……鷹和さんだからなのかな。

「鷹和さん、日本酒好きなんですか？」

心臓が異様に高鳴っているのを誤魔化《ごまか》すように、何気ないふうを装って聞いてみる。鷹和さんは「ん」と答えた。

「普段はビールが多いけど」

「ですよね。そのイメージ」

「日菜子さんは……甘い酒好き？」

言い方、と笑って振り向くと、当たり前だけれどすぐそばに彼の整ったかんばせ。

「あ」

心臓がいっそう大きく拍動した。あまりにもうるさいから、鷹和さんに聞こえてしまっているかもしれない。

鷹和さんの瞳が、まっすぐに私を射抜いている。唇と指先が微かにわなないて、うまく動かせない。頬どころか頭までドッと血が巡って変な汗が出てしまう。

慌てて逸らそうとした顔、その顎を鷹和さんの男性らしい指が摘まむ。

「日菜子さん」

柔らかな、でも逆らえない声で呼ばれ、私は彼と見つめ合ったまま唇を重ねる。

すぐに割り入ってきた舌が、私の舌先をくすぐる。触れられただけで離れていくのが寂しくて、ついその熱を追いかけて自分からキスをしてしまう。

触れるだけのものだったけれど、鷹和さんは妙に嬉しそうにして私の頭をよしよしと撫でた。

「可愛いなー……」

そう言って彼は私の首筋を唇でなぞり、ゆっくりと脇腹あたりを撫でてくる。

「ん……」

その指先がトップスの裾をめくり、直《じか》に肌に触れようとした、その瞬間。

部屋に鳴り響く、スマホの着信音。ローテーブルに置いてある鷹和さんのものだ。

普段のものとは着信音が違う。このところ、目覚ましの音と同じくらいこの着信音が嫌いになりそうだった。

だって、この着信音が鳴るときって……

への字口になりそうなのを堪《こら》える。だってもういい大人ですからね。

「悪い、仕事です」

そう言って彼は、名残惜しそうに片手で私の脇腹やおへそを撫でながら電話に出た。

もっと触っててほしかったなあ。それだけじゃない、もっと色々したかったなー。

甘えて彼に擦り寄ってみせながら、そう思う。

「はい。……了解」

端的に会話は終わって、彼はお預けをくらった大型犬みたいな顔で私を見つめる。

「くそ……」

「た、鷹和さん。お仕事なら仕方ない……」

「ほんとにすみません、日菜子さん。この埋め合わせは絶対に」

そう言って私を大切そうに抱き締めたあと、ひとり立ち上がる。

「いってきます」

「いってらっしゃい。気をつけてね」

私が手を振ると、鷹和さんは眉を下げて柔和に笑った。

ぱたんとドアが閉まる音を聞きつつ、濡れてしまったクロッチに居心地の悪さを感じる。

お仕事だから仕方ないとはいえ、ちょっと寂しい。

「それにしても、機動隊ってこんなに頻繁に急な呼び出しとか訓練とかあるものなのかな？」

ぼんやりとテレビを見つめつつ小さく呟いた。

お兄ちゃんは「交通機動隊」だから職種は異なるし、あまりお兄ちゃんを参考にしてはいけないのだろうけれど……

どうしてだろう。鷹和さんは私の知っている警察官とは……何かが違うような、そんな気がし始めていた。

そのまま訓練に入ったという鷹和さんと連絡が取りにくくなって、一週間。

鷹和さんの部屋を掃除していて、ついに私はその人と再会する。再会といっても、彼女のほうは私のことを知らない。私が勝手に一方的に知っているだけだ。

――「王子様」。

「ん、どちら様？」

玄関で紙袋片手に小首を傾げるその人、ジュンさん……に、私は固まってしまう。

ジュンさんは目を細め、艶《つや》やかな髪をかき上げ、面倒くさそうな口調でけだるげに口を開く。

「ああやだ、あの男またダメな癖出てるの？　まったく、女をとっかえひっかえするのはやめなさいって、ねえ？」

【四章】鷹和

頰を湿った空気が撫《な》でていく。俺は南関東のとある山地でライフルを構えたまま腹ばいになっていた。密集する草が風に揺られて肌を掠《かす》める。

鬱蒼《うっそう》とした木々の隙間からは六月の曇天が見えた。暗く立ち込めた黒い雲だ。

この姿勢になって、かれこれ三時間。荒天でなかっただけマシだろう。

ぴりっと痛みが首筋に走った。何か虫に刺されたらしい——痛痒《がゆ》さがじわじわと増してくるけれど、動くわけにはいかない。

何かがもぞもぞと身体を這《は》い回っている。嫌悪感が湧き出し、振り払いそうになっているのを微《かす》かに眉を上げただけで抑えた。

耳につけたイヤホンから、ようやく待ち望んだ声が聞こえた。

『撃ッ』

同時に引き金を引く。八百メートル先にあった的《まと》の中央に、黒い穴が開く。よし。

「おー。素晴らしい」

腹ばいの俺の背後にいた、緑の迷彩服の男が言う。彼は陸上自衛隊の某連隊に所属する佐々《さ》木《さき》一尉《いちい》だ。観測手兼、俺の指導教官。

数日前から、ＳＡＴと陸自との合同訓練が行われているのだった。

ＳＡＴはあくまで警察の組織ゆえに、そうそう大規模な訓練は行えない。だがテロ対策などを見据《みす》え、一時は途絶えていた陸自との合同訓練が復活したのだ。かつて起きた過激派の山荘への立てこもりなども想定にあるのだろう。都市訓練だけでは心許《もと》ないという判断だ。

神奈川《かながわ》は横須賀《よこすか》に米軍基地を抱えていたり、横浜には各国の大使館などが立ち並んでいたりと、警視庁管内と同じくらい、いやそれ以上にいつ狙われてもおかしくない状況下にあった。

そこで入れられた訓練のテコ入れ、それがちょうど俺がＳＡＴ配属になる一年前のことだった。

……おかげで配属時、習志野《ならしの》の空挺部隊で訓練させられたのは苦い思い出だ。ヘリからの八十キロ抱えてのパラシュート降下は、できればもうしたくない。荷物のようにヘリから飛び出さねばならない上に、近くを降下してきた空挺の隊員とパラシュートの紐が絡んだときは背筋が凍った。

「さ、山を下りましょうか」

一尉に促され、下山しながらアドバイスを聞く。警察にはない視点もあり、疲労で頭の奥はジンと痺《しび》れていたけれど一字一句余すことなく頭に入れた。

「勉強になります」

「いえいえ、ウチこそ警察さんからは学ぶことが多いです。なにしろ、まあ幸いとしかいいようがないのですが、実戦経験はないですからね、自衛隊は。佐野《さの》警部補はこの間出動されたんでしょう。銀行強盗でしたか」

「ええ、まあ」

答えながら日菜子《ひなこ》さんを思い出す。

付き合ってそう間もない恋人がいきなり二週間もいないだなんて、怒ったりしていないだろうか。そもそも抜き打ち訓練だったために、いちゃついていたところを出てきたのだ。

くそ、絶対に帰ったら思うさま日菜子さんを抱きまくってやる……その前にキスがしたい。

いや手を握るだけでもいい。

日菜子さんに会いたい。

それにしても、付き合った日の日菜子さんはえげつない可愛《かわい》さだった。

セックスが終わって、ベッドでいちゃついていたとき、『あ！』と慌てた様子でカバンからふたつ、お守りを取り出して。

『お願い、叶《かな》っちゃいました』

そう言って握っていたのは、恋愛成就のお守りだった。可愛すぎて死ぬかと思った。

そして彼女は、もうひとつを俺に差し出した。

『怪我《けが》とかありませんようにって』

そのときもらった身代わり守りは、もちろんいまも持ち歩いている。

疲れもあってか意識が日菜子さんに飛んでいる俺に、佐々木一尉は続ける。

「どうですか。実際にスコープに対象を入れる感覚は」

一尉が立ち止まる。生ぬるい風がぶわりと吹いた。

あの日のことを思い出す。引けない引き金、苛立《いらだ》ち、躊躇《ちゅうちょ》、迷い。人質になっている日菜子さんを、守りたいと強く思った。

俺は引き金を引ける人間なのだろうか。

しばらく逡巡してから答える。

「……よく、わかりません」

俺の答えに佐々木一尉は大きく笑った。

「いやあ、それでいいんですよ。そこで相手の命を握った万能感に浸るような人はね、結局狙撃のセンスはないんですね」

「そういうものですか」

「迷って迷って引き金を引くくらいじゃないと。佐野警部補はどうして警察官に？　転職する気はないですか」

冗談めかしてリクルートしてくる佐々木一尉に苦笑を返し、「そうですね」と空を見上げた。木の葉の隙間から鈍《にび》色が見える。

「俺、小さい頃に誘拐現場に立ち会ったことがあって」

「ほう？　佐野警部補自身が？」

「いえ、誘拐されかけていたのは、少し年下くらいの女の子でした。俺にできたのは犯人に掴《つか》みかかるくらいで――」

泣き叫《さけ》ぶ女の子。周囲の大人は頼りにならず、どうにかしなくてはと犯人に掴みかかってみたものの、幼い俺ひとりではどうしようもなく。

「そこに颯爽《さっそう》とその女の子のお兄さんが現れて、犯人に空中二段蹴《げ》りを」

「空中二段蹴り!?　何歳くらいでした」

「多分、当時で小学校三年とか、そのくらいに見えました。俺よりふたつか三つ年上だったかと」

「ん、ギリまだ三十二歳いってないかな……ぜひスカウトしたいなその逸材」

佐々木一尉がニヤニヤしている。自衛官の受験資格は三十三歳未満となっているのだ。

「すみません、全く知らない人たちなんです」

「実家のご近所の方とかではなく？」

「ですね」

「そうですかあ……」

佐々木一尉ががっかりしてしまったので言いそびれたけれど、俺はその兄妹の影響で警察官に憧れたのだ。

さらわれかけたあの子みたいな、誰かを守る人になりたい。

あの人みたいにかっこよく。

「ああそうだ、山を下りたら救護テントに行きましょう。かなり虫に刺されてるでしょ？　血が出てます。これは山蛭《やまびる》にもやられてるな。まあ、念のため」

「ああ、しばらく痛痒そうですね。そういえば、虫対策は何かされてますか？」

俺の質問に、一尉は色々とアドバイスを口にしたあと、肩をすくめた。

「まあ強いやつは服越しだろうがなんだろうが、刺すし血を吸いますからねえ」

「ですよねえ……」

俺はガックリと肩を落とす。何時間も、下手《へた》をすれば日単位で身を潜《ひそ》め動かない狙撃手は、虫にすればいい餌《えさ》でしかない。

山育ちとはいえ、こんなに山深い場所で微動だにせず過ごすのは過酷だった。

訓練をしている山の中腹、少しだけ開けた箇所に設営された濃いオリーブ色のかまぼこ型の救護テントに顔を出すと、迷彩服を着た医官の男性が微かに眉を上げた。少し年上だろうか。右胸には「Nishigaya」と名前が刺繍《ししゅう》された名札が縫い付けられている。

「これはまた盛大にやられましたね。ディートは使ってました？」

ディートはベトナム戦争を機に開発された優秀な虫除け成分だ。半世紀以上経つ現在も現役で使用されており、蚊の成虫だけでなく山蛭やその他害虫にも有効だ。

ただ。

「雨と汗で、どうしても」

そして狙撃手という職務上、付け直しするのはなかなか厳しい。

俺の答えにニシガヤさんは苦笑する。

「降ったり止んだりのこの天候ではね。どうぞ座ってください」

簡素な折り畳みの椅子《いす》に座らされ、ニシガヤさんは俺の後ろ首あたりに指で触れる。

「ちょっと虫残ってるんで取りますね」

さらっとニシガヤさんが言う。

「虫が……」

「毒毛なんかですね。あ、本体」

そう言ってニシガヤさんは、俺に上衣を脱ぐよう指示して、テープとピンセットを手に持つ。テープで毒毛を取り除いたあと、背中の上あたりをピンセットでぐりぐりと抉《えぐ》った。

「いたたたたたたた」

「取れましたよ。あー、こっち蛭ついてるな」

ニシガヤさんの言葉に上半身裸で胸を見下ろす。正直言葉にしたくない形状に膨《ふく》らんだ山蛭が……どこから入り込んだ!?　悲鳴を呑《の》み込む。

「オイカワ！」

「はい！」

テントの隅《すみ》で別の作業をしていた男性自衛官が顔を上げた。

「外に佐々木一尉いるだろ。多分エンカンとこにいる」

エンカン、と聞きなれない単語に微かに眉を顰《ひそ》めてから思い出す。煙の缶、要は灰皿だ。

「え？　残弾ないって言ってましたよ」

「あの人補給してるんだ、謎ルートで」

きょとんとしていると、佐々木一尉がテントに入ってくる。手にはタバコが一本。

「あー、ついちゃってましたか」

佐々木一尉は山蛭にタバコを押し付ける。ぽろりと取れた山蛭を、さっとオイカワさんが潰した。血がたらたらと垂れる。

蛭の唾液は血液の凝固作用を阻害する成分を含む。そのため血がしばらく止まらなくなってしまうのだ。けれどニシガヤさんは特に処置する気はなさそうだった。

訓練中だ。自衛隊式に言うと「状況中」……つまり問題ない怪我の手当てはしない。山蛭に噛《か》まれようと狙撃はできるだろ？　そういうことだ。

ちなみに普段のＳＡＴの訓練でも似たような感じなので、すぐに諦めがついた。

「オイカワ、佐野さんの背中、石鹸《せっけん》で洗って。チャドクガだと思うけど毒毛刺さったままだから」

「はい」

オイカワさんにテントの外に連れ出された。外は雨が降り出していた。

「洗いますよ」

オイカワさんは俺の首から背中あたりを石鹸でぐりぐり洗い、ホースで水をかけてきた。雨と流水で泡が流れていく。

「……あの、ちなみに普段は」

「怪我やなんかのときですか？　訓練中は下手したら水筒の水ですね」

さらっと答えられて、俺はなんとも言えない気分になる。

前々から「自衛隊の医者は荒っぽい」と聞いていたけれど、おそらく俺の扱いはこれでまだお客様待遇なんだろう……。状況中なのに、虫刺されで診てもらえているし。

戻って来た俺の虫刺されを、ニシガヤさんは消毒して薬を塗り込んだ。至近距離にある彼の迷彩服の左胸にあるワッペン徽章《きしょう》に目を丸くする。医官の徽章の上にある、ダイヤモンドを模したそれは。

「これ、レンジャー徽章ですか？」

「ええまあ」

さらっと彼は答え「これでよし」と俺の背中を叩《たた》いた。

「首のあたりはほぼ蚊ですね。藪蚊だから痒みがひどいかもしれませんが……それから、このあたりのは跡がしばらく残るかもしれないです」

胸あたりを指さされる。跡くらい別に、と頷《うなず》くとニシガヤさんは少し真剣な顔をして言う。

「キスマークみたいな感じになるので、恋人から浮気を疑われないよう気を付けてくださいね。箇所も箇所なので」

冗談めいた言葉に笑うと、ニシガヤさんの横で処置を手伝っていたオイカワさんが「お」と唇を尖《とが》らせた。

「その反応、彼女いる反応ですね」

「ええ、まあ」

「オレたちも部隊や任務によってはそんな感じですけど、SATって身分隠さないといけないんですよね？　家族にも彼女さんにも、いまの所属は秘密なんですか？」

オイカワさんの言葉に頷く。

「ですね。ただ、家族や恋人が反社会組織や過激派に狙われないための決まりですから」

そのためなら嘘《うそ》をつくことになんの躊躇もない。もし情報が漏《も》れて日菜子さんが狙われでもすれば、俺は犯人たちに自分でも何をするかわからない。

「ちなみにどこで出会ったんですか？」

オイカワさんの質問についい苦笑しかける。

スコープ越しに恋をした――なんて、とても言えない。

ただ、最近、少しわかりかけていた。

どうして俺があの瞬間に日菜子さんに惹《ひ》かれたのか。

かっこいいと思ったからだ。強い人だと。

かつて誘拐されかけた妹を守ったあの人みたいにかっこいいと。

俺もそうありたいと、強く思う。

二週間に及ぶ山中訓練を経て、訓練所でのブリーフィングが終わるや否《いな》や、俺はマンションに向かって駆け出した。文字どおりランニングだ。

クールビズでネクタイこそしていないものの、退出勤はスーツ。そのためスラックスにワイシャツで街中を全力疾走する。歩道脇に植えられた街路樹、プラタナスが街灯に照らされて緑を濃くする。

もうすぐマンションが見える、というあたりでスマホがけたたましく音を立てる。見てみれば、画面には「純菜《じゅんな》」の二文字。双子の姉だった。無視しようか迷ってから通話に出る。

「なんだ？」

『鷹和《たかかず》。彩実《あやみ》ちゃんの焼き菓子、部屋に勝手に置いたから』

「は？」

そう言われてようやく従妹《いとこ》の結婚の話を思い出した。

親戚の結婚式の顔合わせ、俺は訓練で不参加だったが土産に焼き菓子が配られたらしい。それをどうやら純菜が俺の部屋まで持ってきていたようだった。

「勝手に入るなよ」

『いいじゃない、母さんのお腹の中から相思相愛なあたしたちでしょう』

双子の弟たる俺を異様なほどにライバル視している純菜は、ことあるごとにこんな皮肉めいた言い方をする。仲が悪いわけではないと思うのに、どうにも幼少期から続くお互いの意地の張り合いの癖《くせ》はなかなか抜けそうにない。

「まあいいや、ありがとう」

『いいのよ、愛してるわ。可愛い彼女さんによろしく』

「――会ったのか？」

『部屋で鉢合わせしたのよ。いい子ね掃除してくれてた』

「……！」

嫌な予感で叫びたくなる。弟を苛《いじ》めることに心血を注いでいる純菜のこと、下手をすれば誤解を生む行動をしている可能性もあった。

「純菜、お前……！」

『あ、大丈夫よ。あんなスケコマシはやめておきなさい、って言ったけれど真剣にお付き合いしてるから大丈夫ですって笑顔で言われた』

またもやスケコマシか！

なんだ、一周回って逆に流行《はや》ってるのかその言葉！

……というか、日菜子さん。そんなふうに言ってくれたのか。

じぃんと感動しつつ口を開く。

「今度、ちゃんと紹介する。まだ付き合って間もないけど、結婚考えてる人だから」

『あらそう？　改心したの？』

「純菜、お前を始め周りの人間はみんな誤解してる。俺は一方的に告白されて付き合ってすぐにフラれてるだけなんだ……！」

『あら自慢？』

「フラれる自慢をするやつがいるか！」

とにかく日菜子さんにはフラれたくない。万が一そんなことになれば、泣き喚《わめ》きながら恥も外聞もなく縋《すが》り付くのは間違いない。

電話を切ってすぐマンションにたどり着き、軽く深呼吸して汗を拭《ぬぐ》う。疲れなんか感じなかった、早く可愛い彼女に会いたくてたまらなかった。

日菜子さんとは、交際しだして一ヶ月経つ。必ずどちらかの家で一緒に過ごしているから、隣の家なのに彼女の家にも俺の家にもお互いのものが増えてきていた。

といっても、その半分は訓練で不在だったわけだけれど。その上に訓練所に戻るまで連絡も一切取れていなかった。

つまり、おそらくはいちばん蜜月な時期なのに……いや、くどくどと理由付けするのはやめよう。

会いたい。ひとめでいいから、会いたくてたまらない。

自分の部屋にたどり着く前に日菜子さんの部屋のインターフォンを押す。バタバタと音がして、すごい勢いでドアが開く。

「おかえりなさい……！」

「ただいま」

難なく彼女を抱き止めて、玄関に入る。背後でぱたんとドアが閉まった。

「鷹和さん。会いたかった」

甘えた声が五臓六腑に染み渡る。可愛い可愛い可愛い。

「俺も」

そう答えると、日菜子さんの頬が真っ赤になる。初々《ういうい》しい反応がたまらなくて、二週間も禁欲した下腹部に血が巡りそうになる。危ない危ない。

「あ、そういえば姉がすみません。なんか変なこと色々喋《しゃべ》ったかと思うんですが、全て忘れてください。あいつ変人なんで」

「いえ、やっぱりすごく綺麗《きれい》な人ですよね。王子様なだけあるなあ」

日菜子さんが少しうっとりしている。

王子様がなんだか知らないが、双子の姉に恋人寝取られてたまるか。日菜子さんと純菜の接触は減らさなければ……

「置いてったの、従妹からもらった焼き菓子みたいです。日菜子さん、ああいう系好きですよね？　一緒にどうですか？」

「わ、いいんですか？」

「もちろん」

満面の笑みで頷くと、日菜子さんが俺を見上げてふと視線を留める。

「あれ、首……どうしたんですか？　虫刺され？」

「ああ、蚊のえぐいのにやられて。藪蚊？」

「ええ！　薬塗ります？」

「大丈夫」

答えながら首を押さえた。心配げな日菜子さんに笑ってみせると、彼女はほっとしたように頬を緩めた。

「ところでご飯、食べていきますか？　帰ってきたって連絡きて急いで作ったから、簡単なものだけですけど」

「マジか。すげえ嬉《うれ》しいです」

そう答える、おそらくは締まりのない顔をしている俺を見て、日菜子さんがにこにこと笑っ

「でも俺、いま汗くさいんで、いったん家帰ります。日菜子さんの顔見に来ただけ」

今朝方、状況終了――つまり訓練終了後――、陸自の施設でシャワーは浴びたものの。気がはやり走って帰宅したこともあって相当汗くさいと思う。

けれど日菜子さんは首を振った。

「くさくないです。いい匂《にお》い」

少し照れたような顔で言われると、帰ろうとしていた気持ちが揺れる。揺れるというか瓦解した。

「汗、気持ち悪いならうちでシャワー浴びてください」

「でも隣だし」

とっくに帰る気は失せているのに、そんなことを言ってみる。

「……わがままですか？」

身長差のせいか、上目遣いにそんなことを言われるともうダメだった。

「わがままなのは俺のほうです。落ち着いてから会えばいいのに、どうしても顔だけ見たくて」

日菜子さんをぎゅうっと抱き締める。彼女が使っているシャンプーの匂いがする。

……あ、ダメだ。勃《た》った。

日菜子さんも気がついたらしく、恥ずかしそうに腕の中でもぞもぞしている。当たらないように腰を引いているらしい。

その細い腰に手を当てて、ぐっと自分に引き寄せぐりぐりと硬くなったものを押し付けた。

「わ、ぁ、あ、鷹和さん」

日菜子さんは耳どころか、その白い首までほんのり赤くして俺を見上げる。綺麗な目がうるうるとしていてたまらない。

「日菜子さん……すみません、シたい」

「は、はいっ」

日菜子さんはそう答えてから何度も目を瞬《またた》き、思い切ったように小さく唇を動かした。

「わ、私も……鷹和さんとえっち、したい、です……」

理性クラッシャー日菜子さんにボコボコにされた俺は、彼女の頭に頬擦《ほおず》りをしてたっぷりキスをして唾液を飲ませてから唇を離す。

「……な、日菜子さん。どうして俺のこと信じてくれたんだ？」

「え？」

とろん、とした瞳で不思議そうに日菜子さんは首を横に傾《かし》げる。

「姉が言っただろ？　俺が……その、遊んでるだのなんだの」

「ああ、なんだそんなこと」

日菜子さんは春の日差しみたいな、くるんと包み込んでくれる笑みを浮かべ続ける。

「私、見たものしか信じないです」

思わず息を呑んで彼女をかき抱く。心臓がぎゅうっと痛くて切なくて嬉しかった。

純度百パーセントの信頼を与えられたのは、生まれて初めてかもしれない。

「好きだ、日菜子」

感情と情動の赴《おもむ》くまま、再び唇を重ねる。

散々口内を貪《むさぼ》ったせいでキスだけでとろとろになった日菜子さんを抱き上げ、慣れてきた日菜子さんのベッドに彼女を横たえる。

女性のひとり暮らしとあって俺基準では小さなベッドは、俺と日菜子さんが乗るとギシッと軋《きし》む。

彼女の腰を膝立ちで跨《また》ぎ、シャツを脱ごうとして気がつく。

そういえば上半身の虫刺されがえげつないことになっていたんだった……胸も背中も。いままでの訓練でいちばんひどいのは、季節柄もあるだろう。

陸自のニシガヤさんは「キスマーク」なんて可愛らしいことを言っていたけれど、半ば火傷《やけど》の跡のようになっているものもある。

幸い、処置が適切だったのか――ピンセットでぐりぐりされたのは拷問かと思ったけれど――痛みや痒みはなくなっていた。

ただ、見せたら日菜子さん驚くだろうなあ。そう思って微かに眉を寄せる。驚くというか、ちょっと怖がらせるかもしれない。なんせ虫嫌いなようだから。

「鷹和さん……？」

「あ、すみません」

答えてから口の端を上げる。

「待ち切れなかった？　ごめんな」

「っ、そ、そんなんじゃ……っ、あんっ」

服越しに乳房の先端を摘まめば、日菜子さんはあえかな声を上げて身体を跳ねさせる。

「ほんっと、可愛い……」

シャツを脱ぐのはやめにして、日菜子さんだけひん剥《む》いて散々貪って死ぬほど啼《な》かせる。

「はあっ、鷹和さん、好きっ、好き」

日菜子さんはセックスしていると理性がゆるゆるになるらしく、普段はなかなかこんなふうに連呼してもらえない「好き」だとか「気持ちいい」とかを素直に言ってくれるから、俺としてはたまらない。

日菜子さんがストンと寝てしまうまで俺は彼女を貪るのをやめられなかった。

……正直、いままでの恋愛とは違いすぎる。

どちらかといえば性欲だって淡白な方だったはずなのに、いまや日菜子さんを目の前にすると盛《さか》りに盛ってむしゃぶりつきたくてたまらなくなる。

俺は多分、彼女に本能で恋をしている。


日菜子さんとキャンプに行けたのは、結局梅雨が明けた七月の終わりの頃だった。訓練から帰ってくるや否や梅雨入りしてしまい、どうにも天候が怪しかったのだ。

日菜子さんは初キャンプだ。できるだけ条件がいいほうが良いだろう——と、高気圧で晴天が続くのを確認してからキャンプ場を予約した。

「うわあ、鎌倉《かまくら》にこんなところがあったんですね……！　綺麗……！」

実家のある、鎌倉。鎌倉が海と山でできている土地なのは有名だけれど、たいていの人は鶴《つる》岡八幡宮《がおかはちまんぐう》だとか大仏だとかがメインで、こんな山の中まで観光しに来たりしない。予想どおり、日菜子さんは湘南《しょうなん》の海が一望できる、切り立った展望台からの景色を眺《なが》めて感動してくれた。

多分俺は彼女以上に感動している。喜ぶ日菜子さんが見られたからだ。なんて愛くるしい顔で笑うんだ……

「でも、日菜子さん。大丈夫ですか、泊まりになってしまって」

当初は日帰りグランピングの予定が、ふたりで色々と計画しているうちに宿泊のキャンプになってしまった。日菜子さんのやりたいことをやろうとすると、どうしても日帰りでは時間的に厳しかった。

「大丈夫です！　なんだか色々チャレンジしてみたいなって」

「チャレンジ……あの、俺も挑戦してみたいことが」

「なんですか？」

「その、……付き合って二ヶ月になるので」

「はい」

「敬語、やめませんか」

俺の提案に、日菜子さんは目を瞬く。それからこくこくと頷いた。

「や、やめます！　やめる」

「じゃあいまから、敬語使ったら罰ゲームってどうだろう」

「わかった！　いいよ」

にこっ、と日菜子さんが笑う。

テントを設営し、タープの下にバーベキューコンロを設置したあたりで日菜子さんの「すごい」「ありがとう」が百回を超えた（……ような気がする）。

好きな子に褒《ほ》められて嬉しくないわけがなく、俺はすっかり有頂天《うちょうてん》になって罰ゲームのことなんか忘れていた。

「でも、慣れたら女性ひとりでもできるはずですよ。ソロキャンとか……」

言い出しておいて心配になった。日菜子さんがひとりでキャンプするなんて言い出したらどうするべきか。阻止するか、こっそり見守るか……幸い、山中で気配を消して隠れておくのには慣れている、というか慣れてしまったというか。

そこでふと、自分が敬語だったと気がつく。けれど日菜子さんは全く気がついておらず、それどころか俺の敬語に引っ張られ、自分もまた敬語で話し出していた。

「ソロキャンかあ。私には無理かもしれないですね、虫が嫌いすぎますし……」

俺は頬を上げ、ズルをすることに決めた。ごめんなさい日菜子さん。

「日菜子さん、いま、敬語だったぞ」

「え、嘘《うそ》。やっちゃった……」

眉を下げて日菜子さんはマシュマロの大袋を抱き締めた。日菜子さんのやりたいことその一、マシュマロを焼いてみたい。

ちなみに他には「流れ星を見てみたい」「バーベキューもしたいし、カレーも食べたい」などがあり、そのために泊まりになったのだった。まあキャンプといえば、みたいなところはあるからな。

「罰ゲーム、何したらいい？」

「そうだなあ」

俺は少し悩む。あまりキツいのにするのはズルをしているということもあって罪悪感が疼《うず》く。簡単なやつで、なおかつ日菜子さんがちょっとだけ恥ずかしいやつがいい。

なにしろ照れている日菜子さんは、えげつないほど可愛らしいので。

「なら、俺の頬にキスして」

日菜子さんが目を丸くする。

「そんなことでいいの？」

「いいよ」

不思議そうに日菜子さんはコンロの横に立っている俺のところまで歩いてきて、背伸びしようとしてから「あれ」と目を瞬く。頬を赤くして、迷うようにTシャツの胸元を握りしめた。

「ご、ごめん。なんか急に恥ずかしくなって……」

そうなるだろうと思った。

内心ほくそ笑みながら、キャンピングチェアに座って頬を緩めた。

「日菜子さん、ほら」

日菜子さんは困ったように頬を赤くしている。なんて初心《うぶ》なんだ……「鬼の折口《おりぐち》」が全力で箱入りにしていただけある。

そんな日菜子さんを手に入れて、自分だけが汚《けが》していると思うと背徳感と相まってめちゃくちゃに興奮してしまう。

「仕方ないな」

俺はわざと苦笑して、あくまで仕方ないんですよという体《てい》をとりながら、彼女の腕を引いて自分の膝に乗せてしまう。

このキャンプ場はひとつのブースが広めに取ってあるため、テントの位置にさえ気をつければ他のキャンパーと顔を合わせずとも済む。

つまり少々いちゃついても大丈夫ということだ。

「た、鷹和さん？」

「お手本」

柔らかな頬に唇を寄せた。すぐに離れて顔を覗《のぞ》き込むと、これでもかと顔を赤くして俺を見つめる日菜子さんと目が合う。思わず唇が緩む。

「日菜子さん、これくらいいつもしてるだろ？」

「だって」

眉を下げて目を潤《うる》ませる日菜子さんの頭に頬擦りをする。ああなんて可愛いんだろ、俺の彼女……

しばらくその愛くるしいかんばせを見つめていると、ふと彼女は思い切ったように俺の肩に手を置き、唇に掠《かす》めるようなキスをしてくる。

思わずぽかんとした。

「だって、キスしたかったんだもん……」

日菜子さんは真っ赤なまま俯《うつむ》き呟《つぶや》く。俺は口を手で塞《ふさ》いだ。頬が熱くてたまらない。

「ずるい。あざとい。可愛い……」

「あ、あざとい？」

困ったように日菜子さんが顔を上げる。その唇にむしゃぶりつくようにキスをした。柔《やわ》らかな唇を舌で開き、口内を舐《な》め尽くす。舌を絡め、擦り合わせ、甘噛《が》みして散々堪能する。

彼女の頭のてっぺんから足のつま先まで、キスの快楽に瞬かれるまつ毛一本から絡み合う唾液まで、全て俺のものだと思う。

果てしない独占欲で苦しすぎて、胸を掻《か》きむしりたくなる。

唇を離すと、至近距離でとろんと蕩《とろ》けた日菜子さんの瞳とかち合う。これはずるい。お互い発情しているのがわかる。

わかるけれど。

「……夜まで待てる？」

俺の言葉に日菜子さんはぼっとさらに頬を赤くする。

俺は彼女を抱き締め直して髪の毛にキスをする。こんな真っ昼間に抱いて可愛い声上げさせて、人に聞かれたらたまったもんじゃない。

日菜子さんを隣の椅子に座らせると、もじもじと太ももを合わせて所在なさげな顔をしていた。俺は立ち上がり、彼女の頭をぽんぽんと撫でてバーベキューの準備に取り掛かる。

「あ、手伝う……」

「じゃあ野菜洗ってきてもらえる？」

そう言った瞬間、日菜子さんのスマホがけたたましく鳴る。通常の着信音じゃない。わざわざ変えてあるらしい——ワーグナーだ。「ワルキューレの騎行」。

「お兄ちゃんだ……」

思わず噴《ふ》き出しかけた。確かに「鬼の折口」にふさわしい。けれど折口警部補を知らないという体《てい》にしてある以上何も言えず、「出たら？」と微笑《ほほえ》むにとどめた。

「ううん、いい……どうせろくでもない連絡だし」

日菜子さんの目が遠い。やがて音楽がかき消えた……と思えばまた鳴り響く音楽に、諦めた顔をして日菜子さんはため息を吐《つ》いた。

「ごめん、鷹和さん。あのねうちの兄、ちょっとだけ過保護で……」

「いいよ、大丈夫」

日菜子さんはスマホを手に取り、眉を寄せて電話に出る。

「もしもし……え？　あ、うん。外。え、お兄ちゃんに関係ある？　え？　何それ、いいよ！いいって！　必要ないって！　お兄ちゃん、お兄ちゃ……切れた」

日菜子さんはスマホを両手で持って画面を眺《なが》め途方に暮れた顔をする。

「どうした？」

様子が変で聞いてみると、彼女はわざとらしいほどに首を振る。

「な、なんでもないっ。気にしないでくださいっ」

「また敬語」

「あっ」

日菜子さんが目を瞬く。思わず苦笑しながら彼女の頭をぽんぽんと撫でた。

「もし俺が力になれることなら言ってくれ」

「……うん」

へにゃりと柔らかく彼女が笑う。

この優しい微笑みが向けられるのが俺だけならいいのに……

「あ、ええっと」

日菜子さんは逡巡しながら俺のＴシャツの裾を引く。

「罰ゲームは……？」

俺を見上げる目元が微かに紅色に染まっている。思わず唇を上げた。

「どんな罰ゲームがいいんだ？　えっちだなー」

「っ！　た、鷹和さんっ」

日菜子さんが俺の背中をぽかぽか叩く。全然痛くない。可愛い。俺は振り向いて彼女を抱き上げてくるっと回る。

「わ！」

「考えとく。できるだけえっちなやつを」

「ば、ばか！」

真っ赤な顔で俺を見下ろす日菜子さんはマジで最高。

バーベキューをして夜はカレーを作って、希望どおりにマシュマロも焼いた。

テンション高めに楽しんでくれている日菜子さんと、車でキャンプ場から十五分ほど離れた街中の銭湯まで行くことにした。俺だけなら近くの川で水浴びで構わないけれど、日菜子さんはそんなわけにいかないし。

銭湯は古き良き施設という雰囲気《ふんいき》で、どうやら富士山《ふじさん》の絵まであるらしい。

「うお、兄ちゃん、なんだそれ」

脱衣所で胡麻塩頭のじいさんにギョッと目を剥《む》かれる。

「虫刺されです」

「虫刺されぇ？」

少し酒も入っているらしい彼に言われ、でかい鏡に目を向ける。俺としては見慣れてしまったし、それによくなってきているものの、やはりまだひどいらしい。

日菜子さんには、とてもまだ見せられないな……

「なんでこんなに刺されてんだよー」

「仕事で山に行くことがあって」

「なんの仕事だよ、こんなになって」

そう言いながら、彼はニヤリと笑い胸のあたりを指さした。

「けどこの辺はねーちゃんに吸われたみたいだな」

「え？　……ああ」

名称不明の虫に刺された火傷痕のような箇所に山蛭がくっついていたところが重なり合い、治りかけて絶妙な色使いになっていた。

嫌だ、こんなマリアージュ。これがニシガヤさんが言っていたキスマークか……

「これも虫刺されですよ」

「またまたあ。さっき下駄箱んとこに可愛いねーちゃんといただろ？　いいよなあ若いって」

じいさんは快活に笑って浴場に向かっていった。

そう長風呂なほうではないのでさっと浸かったあとは、ロビーで電動マッサージチェアに座って日菜子さんを待つことにする。

壁の高いところで古めかしいミントグリーンの扇風機が回っている。昭和レトロだ。

「きもちー……」

思わず呟いたところで、日菜子さんが赤いのれんを潜《くぐ》って女風呂から出てきた。俺を見つけてパッと駆け寄ってくる。可愛いが走っている……！

「ごめんなさい、お待たせしました？」

「敬語」

「あ」

日菜子さんが湯上がりで、ただでさえ上気していた頬をさらに赤くする。

どうする？　他に何してもらおう……？

とりあえず苦笑してマッサージチェアから立ち上がる。

「待ってないよ。俺、温泉とか銭湯来たらこうやってのんびりするの好きなんだ」

「あ、わかる……」

日菜子さんは眉を下げて笑う。つられて笑って、それからふたりでコーヒー牛乳を買って並んで飲んだ。

レトロな籐のベンチ、首を振る扇風機、暖かな色の電灯。湯上がりで身体は温かくて、窓の外は夏の風が吹いていて、少し離れたところを路面電車が走っていく音がする。

日菜子さんがふと俺を見上げる。

優しさとか和やかさとかを包んだほんわかした笑みが、彼女のかんばせに浮かぶ。

やばい、幸せだ。

突き上げてくる幸福感が涙腺に突き刺さって泣きそうになるから、俺は目を逸《そ》らして彼女の手を強く握った。

キャンプ場の駐車場で車を降りて、すぐに日菜子さんを縦に抱き上げた。白い電灯だけが点いていて、それが俺たちの長い影を作る。夏の虫がかしましく鳴いていた。

「鷹和さん？」

「日菜子」

呼び捨てにして首筋に吸い付き、背中を指先で撫で上げた。戸惑いながらも彼女は肩を揺らす。低く笑うと日菜子さんは簡単に俺に甘えてくれる。二ケ月、初心な彼女がそうなるように丁寧に執拗《しつよう》に触れてきたから。

「日菜子、いっぱいえっちな罰ゲームしような？」

日菜子さんは羞恥《しゅうち》に眉をめちゃくちゃに寄せて、俺の肩口に顔を埋めた。素直な人だから照れすぎてうまく答えられないのだ。可愛い。

「に、二回だけだった……」

「二回でいいのか？」

さくさくと土の道を歩く音がする。離れたブースから聞こえてくる喧騒《けんそう》に、どこか現実味を感じない。頬を撫でる風は、昼間の熱を含む草いきれの香りを含む。

「いじわる、鷹和さん」

拗《す》ねた声は最高に欲情を誘う。

テントに連れ込んで少し考えてランタンを消した。不思議そうに息を呑む日菜子さんの額にキスをして「点けていたら」と低い声で答えた。

「影で何をしているかわかるだろ」

「……！」

日菜子さんが肩を揺らしているのが、暗い中でもわかった。明るければ真っ赤な顔が見えただろう。

真っ暗な空間でお互いの呼吸が感じられる。唇を触れ合わせたまま、お互いの服を脱がせる。

これだけ暗ければ俺の肌も見られないし。……日菜子さんの痴態《ちたい》を見られないのはやや残念だけれど。

お互い裸になった状態で、キャンプ用のマットに日菜子さんを押し倒す。

「声、控えめにな」

こくこくと日菜子さんが頷く。

……なんかそんなことされると、かえって大声で喘《あえ》がせたくなるのはなぜだろう。しないけど。……しないよな、俺。自分で自分があまり信用できないな。

頬にキスをして、ゆっくりと全身にキスを落とす。耳の裏や首筋や、鎖骨や肋骨、へそのくぼみまで。

そうしながら胸の膨《ふく》らみに触れる。漏《も》れるあえかな呼吸に、これでもかと怒張している屹立にさらに血液が巡ってしまう。先端からはとろとろと雫が垂れる。

日菜子さんの足に擦り付けてねじ込みたい衝動を堪《こら》えた。

芯を持ち固くなった日菜子さんの胸の先端を指で少し強く摘まむ。

「ふぅ……んっ」

漏れそうになった甘い声を日菜子さんは必死に耐える。こねくり回すように触れると、繰り返される浅い呼吸に掠れた小さな声が混じる。

「日菜子さん、可愛い……」

薄い腹に頬擦りして、脇腹に吸い付く。胸を弄ったままかぷかぷと腰骨を噛み、鼠蹊部を舐めて足の間にたどり着く。日菜子さんの濡れた匂いがしている。

湧き上がる情欲に耐え切れず乳房から片手を離し、自らの屹立を握った。先走りでぬるぬるして、どんだけ盛ってんだとこっそり苦笑する。

堪え切れず緩慢に手を上下させた。明るければ多少の羞恥はあっただろうけれど、興奮しすぎてそれどころじゃない。

冷えた太ももに頬を寄せてから、肉芽のあたりに舌を這《は》わせる。びくっと揺れた太ももを両手で掴《つか》む。慰《なぐさ》めを失った屹立が疼《うず》いた。

早く日菜子さんのナカで動きたい。肉襞引っ掻《か》いて肉厚な粘膜ぐちゅぐちゅに擦って気持ちよくさせて降りてきた子宮口を抉《えぐ》るみたいに突き上げたい。

俺のでイって健気に締め付けてくる日菜子さんを感じたい。俺が動くたびに喘《あえ》ぐ日菜子さん。

想像するだけでイきそうだった。

膨らんだ肉芽を舌で転がし、潰す。そのたびに日菜子さんの鼻から甘えた息が漏れていく。

甘く噛《か》むと「ゃ」といっそう高い声が出た。

「静かに」

舌先で弄《いじ》ったまま言うと、日菜子さんは快楽から逃れようとマットの上を逃げようとする。

逃がすものかとがっちり太ももを掴み、ふと思いついて口にした。

「罰ゲーム、いましてもいいか？」

「え？　……う、うん」

戸惑う彼女の手を取り、足の付け根に這わせる。

「皮、自分で剥《む》いて」

日菜子さんの控えめな性格と重なるように、肉芽も皮を剥いてやらないと出てこない。皮の上からでも過ぎるほどに感じて喘いでいるようだったから、強すぎる快楽かとセックスに慣れるまで剥いて触ってはこなかったけれど。

「か、皮？」

「ほら」

自分から出てると思えない蕩《とろ》けた甘い声で日菜子さんの手を取り、剥かせる。にちゅっ、と濡れた音がした。暗くてよく見えないけれど、可愛らしく充血した肉芽があるはずだ。俺は舌先でくすぐる。

「ぁ、あ……ん、んんっ」

日菜子さんが叫びかけ、慌てたように口をつぐむ。感じちゃってかわいそう。やめる気は全くないけれど。

舌先で触れているだけなのに、日菜子さんは腰をくねらせ必死で快楽から逃れようとしている。手はとっくに肉芽から離れているけれど、剥けた皮は戻っていない。敏感すぎる神経が剥き出しみたいなところをべろべろ舐められて、日菜子さんは苦しそうに何度も喘ぐ。

でもそれが実際に苦しいんじゃなくて快楽に耐えているだけなのだと、ひくひくと痙攣《けいれん》する入り口ととめどなく溢れる淫《みだ》らな蜜でわかる。

「ほんとえっちになったよな、日菜子さん」

そんなことっ、と抵抗する日菜子さんの手はマットの上を滑る。縋る場所を探しているのか何度も虚しくマットの上を彷徨《さまよ》っているようだった。

そんな健気な動きがたまらなく愛くるしく感じる。

「初めてシてから二ヶ月しか経ってないのに。才能あったんじゃないか？」

そんなことを言いながら肉芽を軽く吸う。悲鳴を呑み込んで日菜子さんがビクビクと大袈裟《おおげさ》に腰を揺らした。指をナカに挿《さ》し入れると、ひくついた肉襞が蕩けながら吸い付いてきた。細かな痙攣に、イっているのだとはっきりとわかる。

少し意地悪めなことを言うのは、日菜子さんが悦《よろこ》ぶからだ。そして俺はそんな彼女を見て最高に興奮している。バキバキになった自身がもはや痛い。

限界が近い。

俺は口で肉芽を吸い、舌で押し潰し、歯で甘く噛みながら、同時に指でナカをたっぷりと解《ほぐ》す。肉厚な粘膜は快楽に負けて粘液を撒《ま》き散らし、肉襞を震わせて指に吸い付いてくる。奥まで指を進めて、いちばん奥のいっそう柔らかなそこで指を蠢《うごめ》かせた。

日菜子さんが腰を揺らす。奥をぐりぐりと押し上げてほしいのだ。日菜子さんは最奥を少しだけ乱暴にされるのが大好きだから。

わかっているけれど、あえてしない。

「ふ、ぁ、鷹和さん」

日菜子さんの声が涙の色を含む。愉悦で頬が緩んだ。

明るければ日菜子さんは顔全体をだらしなく綻《ほころ》ばせて、足の付け根に夢中で吸い付く男の顔を見ることができただろう。

「どうしてほしい？」

「う、あ、奥」

「奥？　奥どうするの」

俺は肉芽から唇を離し、ナカの浅いところで指をバラバラに動かしながら聞く。

「日菜子、答えて？」

なんて優しい声が出てるんだろう。俺は声が低めだし少し掠れているのに、そこからワンオクターブは高い猫撫で声が出るなんて思ってもいなかった。

「奥、むずむずしてっ」

「うん」

俺は日菜子さんの汗ばんだ額にキスを落とす。

「むずむずして苦しい？　どうしてほしい？」

「挿《い》れて……」

やっとのことで答えた。そんな声色だった。

「何を？　指？」

ぐっと指を奥に進める。

「違……」

日菜子さんが息を呑み、暗い中でも俺を必死に見つめているのがわかる。

「鷹和さんの」

日菜子さんが暗闇で自ら足を大きく開く。

欲しすぎて理性がとろとろになっているのだろう。

「はは」

思わず笑って日菜子さんから指を引き抜き、彼女の頬や瞼《まぶた》にキスを落とす。

「可愛い、えっちな日菜子、ほんと可愛い」

俺はマットの横に置いてあったバックパックを探り、コンドームの箱を引き抜いた。口と指で開けてさっさと着けて、日菜子さんが可愛らしくも自ら開いた足の間に自分を沈めていく。

「熱……」

蕩けた熱に思わず呟く。

指を締め付けるのより、ずっと淫らに濡れた肉襞が俺を食いしばる。

「あ、あ、あ」

日菜子さんが口を押さえて微かな声で喘ぐ。我慢しているのがいいのか、いつもより吸い付いてうねっている。

「あー……」

思わず低く声が漏れた。気持ちいい。

こんなに気持ちよかったっけ、セックスって。信じられない。日菜子さんとの相性がいいのか、本当に愛おしい相手とのセックスってこんなに感じるのか。

思うがままに腰を振ってしまいそうになるのを耐えて、ゆっくりとナカを味わう。肉ばった先端が隘路《あいろ》を擦るたび、日菜子さんから甘く吐息が漏れる。

日菜子さんの腰がねだるように浮いた。奥まで欲しくて仕方ないんだろう。ふと思いついて屹立を引き抜く。

「ぁ、鷹和さん」

切ない声だった。胸がぎゅうっと締め付けられる。なんでもお願いを聞いてあげたくなる声。

俺は胸の痛みを感じ、同時に不思議なほどの愉悦を覚えつつ彼女を抱き上げた。あぐらをかいた膝の上に乗せ、耳元で囁《ささや》く。

「罰ゲームふたつめ。自分で奥まで挿れて、動いて」

はっきりと見えなくとも、日菜子さんの目が丸くなったのがわかる。

「日菜子」

背中を撫でながら名前を呼ぶと、日菜子さんは蚊の鳴くような声で「ん」と頷いた。

日菜子さんの細い指が俺のに遠慮がちに触れる。そして先端を自らに充《あ》てがい、ゆっくりと腰を沈めていく。

「は、ぁぁ……っ」

吐息とも喘ぎともつかない声を日菜子さんが漏らす。奥まで一気に挿れ込んで、俺にしがみついて日菜子さんが震えた。

ぎゅー、ぎゅー、と締め付けてくる粘膜。絶頂しているのが丸わかりな素直な日菜子さん。

「気持ちい？」

背中を撫でながら聞けば、日菜子さんはこくこくと頷く。

「好き……」

思わず肩を揺らして笑う。答えになってない。

「セックスが気持ちいいから好き？」

「ちが……」

日菜子さんがあえかな呼吸を繰り返しながら首を振る。

「鷹和さんと、ふれあうの、好き……鷹和さんが好きだから……」

天を仰ぎたくなる。

なんて可愛いんだろう、俺の恋人。

日菜子さんの腰を掴んでぐちゃぐちゃに突き上げて、何回もイかせたい気分になる。でもそれじゃあ罰ゲームにならないからな。

「ん。俺も好き、愛してる」

じっとしたまま伝えると、日菜子さんが嬉しげに微笑んだのが暗闇の中でもわかる。そうして彼女が腰を前後に動かし出す。自分の大好きな最奥を俺ので慰めたくて仕方ないんだろう。

「ふ、ぁ、ぁ、ぁっ」

ふ、ふ、ふ、と浅い呼吸を繰り返す日菜子さんの身体は汗でしっとりしている。せっかく銭湯行ったのにな。俺も負けずに汗だくになってきた。

動いてるからじゃない、興奮と快楽で、だ。

ぬちゅぬちゅと淫らすぎる音を立てて、濡れた下生えが擦れ合う。

ふと日菜子さんが俺の首に腕を回し、唇を重ねてきた。触れるだけのようなそれ。心地よさに酔っていると、ふと日菜子さんの少し薄い舌が俺の唇を割る。びっくりしたけれど好きにさせていたら、たどたどしくも必死に俺の口内を貪ってくる。ちゅ、ちゅうっ、と音が漏れる。

びっくりするほど興奮して、思わず腰を突き上げた。

「ふ、っ」

日菜子さんの鼻から甘い息が漏れる。俺の口の中で彼女の舌が動く。俺のに必死に絡めてくる舌。擦り合わせてやると濡れ切ったナカがわななくいて締まった。

唇が離れる。はあ、とどちらともなく息が漏れた。

暗くて視界がほぼないせいか、他の感覚が鋭敏になっている気がする。

日菜子さんの香り、日菜子さんの肌の感触。日菜子さんの首筋を舐めれば、汗の味。

お互いの荒い呼吸がテント内に満ち満ちて――

「鷹和さん、大好き」

日菜子さんの幸せそうな声は、俺の理性を完全に消滅させた。

再びマットに押し倒し、足首を掴んで大きく開かせ欲望のままに抽送を繰り返す。抜ける寸前まで腰を引き、一気に奥まで貫く。乱暴な動きなのに彼女のナカは蠢いて吸い付いて締め付ける。

俺で充溢した日菜子さんのナカ。わななくいて「もっと、もっと」とねだる痙攣を繰り返す。

口を押さえくぐもった嬌声が鼓膜を揺らす。最愛に巡り会えた幸福感で息が掠れた。

自分の人生で、こんなに大切な人が現れるなんて想像もしていなかった。

一番奥を強く抉る。子宮が降りているせいで奥の感触が変わる。

「鷹、和さ……イ、くっ」

日菜子さんの声がいっそう高くなり、入り口が窄《すぼ》まるように俺のを強く食いしばる。柔らかな最奥は蕩けて吸い付いて子供を孕《はら》もうとうねっていた。

いつかここに直接注ぎたい——そう思いながら薄い皮膜越しに欲を吐《は》き出す。イって身体から力が抜けている日菜子さんの腰を掴み直した。欲を全て吐き出すために細かく腰を動かす。それにすら脱力しながらも喘ぐ日菜子さんが可愛くて仕方ない。

「日菜子」

名前を呼ぶと、日菜子さんが俺に抱きついてくる。胸を突き上げる幸福に、俺はただ彼女をかき抱いてその体温を感じていた。


それからしばらくして、俺は井口《いぐち》から嫌な噂《うわさ》を耳にする。

「なあ佐野《さの》、知ってるか？　鬼の折口が、箱入りの妹に男を紹介したって」

「——は？」

「なんだよその反応」

井口が肩をすくめた。

「なんと、高柳《たかやなぎ》だよ。同期の」

警察庁総合職に受かっていたにもかかわらず、それを蹴《け》ってなぜか県警に入ったという噂まである、警備部のエリートだった。

「……まさか」

「なんでまさかなんだよ。まあ折口警部補が認めた男ってことだろうなー。出世頭でイケメンだもんな、あっはっは」

井口は快活に笑ったあと、ふと真剣な顔になって続ける。

「ところでそれだけ可愛がってる妹って、どんだけ可愛いんだろうな？　オレ、紹介してもらえねーかな？」

「……」

俺は無言で銃を持って立ち上がり、射撃場へ向かう。

腹の奥が嫌な感じでざわついた。

もちろん日菜子さんが浮気するなんて思ってない。思っていないけれど……

けれど、それでも嫌だった。

俺以外の男とそんな噂にすらならないでほしかった。

異様なほどの独占欲が身体の裡《うち》で暴れていた。

【五章】日菜子

「だーかーらー！　必要ないって！」

夏頃から秋に差し掛かった今日まで、執拗《しつよう》にお兄ちゃんからかかってくる電話の内容はこうだった。

『男紹介してやるから、そいつと結婚前提に交際してみろ』

私はスマホをハンズフリーにして部屋を片付けながら唇を尖《とが》らせる。二十時、カーテンの向こうでは、とっぷりと日が暮れているはずだ。

今日は鷹和《たかかず》さんは日勤日らしく、夜には帰宅する日だ。警察官は、交番のお巡りさんもそうだけれど、当番日は二十四時間の丸一日勤務。翌日が非番や日勤日、その翌日が公休日とだいたい週休二日になるようシフトが組まれている。

なので夕食を一緒に食べようとお誘いして、その準備をしていたところだったのだけれど

……お兄ちゃんからの鬼電に根負けして出てみれば、案の定その話題だった。

『会うだけ会ってみろ。オレが見込んだ男だ。日菜子《ひなこ》、お前はオレが認めた男以外と交際は許さん』

「もうやだよー、お兄ちゃん」

私はちょっと半泣きだ。

「お兄ちゃんが何年も私を守ってきてくれたのは知ってるし感謝してる！　でもね、私ももう大人なの。付き合う人も結婚する人も、自分で決めるよ！」

『あ？　そんなの許すわけねえだろうが』

「なんでよ！」

『お前がオレの妹だからだ』

自信満々に言われて私は脱力しながら通話を切った。いくら過去に誘拐されかけたからって、この過保護っぷりは困る。

「もー、お兄ちゃん……彼女でもできたら変わるのかな」

呟《つぶや》きながら、そういえばお兄ちゃんの恋愛事情とかよく知らないな、と思う。その辺は絶対に妹に知らせない人だったから……いやまあ、こんなシスコンだって知られたら振られるか。

「……結婚、かあ」

ふとさっき自分で言った言葉を舌に乗せてみる。結婚。ぶわわと頬が熱くなった。だって鷹和さんとの将来を想像したから。

絵里《えり》も付き合うならきっと結婚前提なんじゃないかなんて言っていたし……ああだめ、そんな期待しちゃ！　鷹和さんまだそんなこと考えてないかもだし！

ひとりで頬を熱くして手で自分を扇いでいると、インターフォンが鳴る。誰かなんて考えなくていい。

「はーい！」

玄関を大きく開けると、鷹和さんが立っていた。そして微《かす》かに眉を寄せる。

一度帰宅したらしい鷹和さんは、スーツじゃなくてラフな上下揃《そろ》いのスウェットだった。手にはなぜか紙袋を持っている。

「日菜子さん、少し不用心じゃないか」

「そう？」

「そうだ。日菜子さんに何かあったら、俺そいつに何するかわからないから気をつけてくれ」

私は真剣な彼の顔にこくこくと頷《うなず》いた。

多分、彼が少しナーバスなのは、ここ最近起きている連続窃盗のせいだろう。ひとり暮らしの家に在不在に拘《かか》わらず忍び込み、金目のものを盗んでいくらしい。幸い、いままで怪我《けが》人は出ていないらしいけれど……。なかなか捕まらないのも「まあ、神奈川《かながわ》県警だからな」なんてネットで揶揄《やゆ》されている。

私は警察官が身内にいるから「お巡りさんも頑張ってるのに」と思えるし、実際神奈川県警は全国平均より検挙率も高いのだけれど、逮捕という結果が出ていない以上は、甘んじて批判を受け入れるしかないのかもしれない。

「お、いい匂《にお》い」

鷹和さんが気分を変えるように頬を緩めた。いつもの穏やかで優しい笑い方だ。ほっとして彼の手を引く。

「少し冷えてきたから、鍋にしたの。出汁はとったからあとは野菜切るだけ」

「手伝おうか」

「大丈夫だよー」

あと白菜だけだもん、と彼をローテーブルの横のクッションに座らせる。

「ところで、それ何？」

「ああ職場のやつにもらった旅行土産。一緒に食おう。旅行というか、アイドルのコンサートらしいけど」

「へー？」

紙袋を受け取り、中から包装された箱を取り出す。クッキーのようだった。

……と、ひらりと一枚メモが落ちた。拾い上げて首を横に傾《かし》げる。

『本命のジュンとおいしく食べてね』……？」

ジュン、といえば鷹和さんのお姉さんの純菜《じゅんな》さんだ。流鏑馬《やぶさめ》のときを除けば、一度しか会ったことはないけど。本命？

「は？」

鷹和さんが目を見開き、メモを覗《のぞ》き込んで舌打ちをする。

「井口《いぐち》、あいつ……！」

それからハッとした様子で私を見る。

「日菜子。違うからな。これ同僚のいたずらで、ジュンってアレだ、純菜じゃなくて、仕事で使ってる道具に同僚が勝手にあだ名つけて」

あわあわしている彼を見て、つい噴《ふ》き出す。

「大丈夫、勘違いとかしてないよ」

「本当に？」

「本当の本当」

私の言葉に、鷹和さんは「はあ」と肩を落とす。

「よかった……」

「あはは」

あまりの脱力っぷりに、思わず大きく笑ってしまう。

なんか、鷹和さんに関しては嘘《うそ》ついてるなんて疑うだけ時間の無駄《むだ》だと思う。まっすぐで、顔に感情が全部書いてある。

テレビでも見てて、と言って私はキッチンに立つ。まあワンルームについている、簡素なキッチンだけれど……と、まな板の上に白菜を乗せてキッチン鋏《ばさみ》を手に取って少し考える。

銀行強盗のせいで刃物が苦手になってしばらく経つけれど、そろそろ克服すべきなんじゃないだろうか。

案外と平気かもしれないし。

思い切って棚を開き、包丁を手に取る。ほっと息を吐《は》いた。ほら、もう平気じゃん。

なのに白菜に包丁を入れた瞬間、記憶の蓋《ふた》がぶわっと開いた。首に当たる刃物の感覚、鈍《にぶ》く光る銀色、裏返ったような怒号。

呼吸がうまくできない。

両目からぼたぼたと勝手に涙が溢れて、思わず床に座り込む。

なにこれ、なにこれ、なにこれ……っ。

うまく息が吐けないし、吸えない。

「日菜子」

安心する声がした。少し低くて、ほんのちょっと掠《かす》れた、私の好きな声。

大きな手が包丁を握りしめた私の手に触れる。一本一本指を外されて、気がつけば両手をだらんと下にさげたまま抱き締められていた。

背中を撫《な》でる優しい手つきに、少しずつ呼吸が楽になっていく。

「あ……」

「日菜子。息、できるか？　ゆっくりでいいから」

気遣う声音に、のろのろと顔を上げる。私を覗《のぞ》き込んでいた鷹和さんが、ほっと息を吐いた。

「よかった。大丈夫か？　刃物がダメなんだろ？」

私は眉を下げた。

「どうしてこんな無茶を」

「あ……の。キッチン鋏で白菜切っていくの、大変だなって……それで、もう平気かもって
……」

要領を得ないしどろもどろな説明にも、鷹和さんは真剣に頷いてくれる。

「無理したら絶対にダメだ。というか、俺が切るから言ってくれたら……」

「だ、だめ」

私は首を横に振る。

「きっとこれは私が自分で乗り越えていかないといけない部分だから……」

言いながら、鷹和さんの重荷になるのも嫌なんだよなあ、とも思う。毎度毎度食材を切らせていたら、いくら優しい鷹和さんでも「またかよ」くらいは思うかもしれないし。

「強いな、君は」

鷹和さんは落ち着いた声で言う。

「俺、君のことかっこいいって思ってる」

私は目を瞬《またた》いた。

「かっこよくなんかないよ。ほら、実際いまも迷惑かけてるし」

「迷惑なんかじゃない」

彼はそう言い切ってくれるけれど。

いつまでも黙っているのもなあ、と簡単に事情を説明することにした。

「あの……実はね、これ。昔からなんかじゃないの」

訥々《とつとつ》と話す私の言葉に、彼はじっと耳を傾《かたむ》けてくれている。

「初めて会ったときに、銀行強盗の話をしたでしょう？　あのときからなんだ……」

ん、と鷹和さんは言いながら、私のこめかみに口づけ髪を梳《す》いていく。

気がついていたんだろうな、と思いながらその肉厚な手のひらに頬を寄せた。頬をくすぐるように撫でていたその指先が、すうっと動いて私の首筋を撫でた。

私の、左の、首筋を。

「君を傷つけたあの男が許せない」

鷹和さんは低い声で言いながら左の首筋を撫でる。刃物を当てられた痕跡をなぞるように。

私は目を瞬いた。

——あれ？

どうして私がそこに刃先を向けられていたと知っているの？

だって……普通、右利きなら右側に包丁を持つ。けれど左利きだった犯人は、右手で私を抱え込んで左手に包丁を握っていた。

そうして私の左の首筋に刃物を当てて脅《おど》していたんだ。

でもいちいち犯人は左利きでした！　なんて報道はされていなかったと思う。というか、どこに包丁を向けられていたかなんて、利き手なんか関係なくわからないよね？

……機動隊の鷹和さんが銀行強盗の現場にいたはずがないし、もちろん捜査に関わっているはずもない。

「日菜子」

心の底から心配をしている声を向けられて、パッと彼の目を見た。

とたんに、蕩《とろ》けるような安心感に包まれる。彼といれば大丈夫だって、そんなふうに思える。

刃物を向けられた位置のことは——誰かから小耳にでも挟んだのだろう。彼は警察官なのだから、知っていてもおかしくはない。

「鷹和さん、ありがとう」

思わず口をついていた。きょとんとする鷹和さんにぎゅっとしがみついて、彼の胸板に顔を埋めた。

「鷹和さんといると安心するんだ。初めて出会ったときから……」

鷹和さんが微かに息を呑《の》み、私を強く抱き抱え直す。

「本当に？」

「うん」

「俺、初めて会った瞬間から——君から目が離せなくなったんだ」

鷹和さんは私をぎゅうぎゅう抱き締めたまま、少し掠れた切ない声音で言う。

「自分でも自分がおかしいと思った。だって何をしてもどこにいても、日菜子のことしか考えられなかったから」

私は目を瞬き、彼を見上げる。

鷹和さんがいつもの穏やかで優しい笑顔に、確かな切なさや苦しさを内包して微笑んでくれるから、愛されてるって痛いくらいにわかる。わかってしまう。

泣きたいくらいに幸せだ。ううん、実際泣いてしまっている私の背中を撫でながら、鷹和さんは口にする。

「日菜子さん。そのうち正式にプロポーズするから、予約だけさせてくれないか？」

すんすんと泣きながら彼を見上げる私の顔は、ぐちゃぐちゃできっとこれっぽっちも可愛《かわい》くない。なのに鷹和さんは「可愛い」と私の頬を涙ごと撫でる。

「愛してる、日菜子」

「私も、私も大好き、鷹和さん――！」

幸せ絶頂って感じで過ごしていたその秋の日、鷹和さんが勤務でいないある夜、マンションのインターフォンを押したのはお兄ちゃんだった。

「げ」

『げ、ってなんだ日菜子。オラ開けろ。それとも男といんのか？』

「い、いないけど散らかってるし」

『チッ』

舌打ちとともに玄関のほうからガチャガチャと音が聞こえる。

え？　え、何⁉

慌てて玄関に走ってみれば、キイと玄関が開くところだった。嘘でしょ！

お兄ちゃんが眉を寄せて私の前で鍵を振ってみせた。……念のために、と実家のお母さんに預けておいたサブの鍵だ。

「もー……」

「上がるぞ」

私の答えを聞きもせずにお兄ちゃんは部屋に上がる。黒いライダースジャケットに濃い色のジーンズ。相変わらず走り屋さんみたいだ……

「一体なんの用なのお兄ちゃん」

「男の紹介。高柳《たかやなぎ》って知ってるだろ」

「県警本部の、お兄ちゃんの後輩の？」

確か、高柳京一《きょういち》さん。一度お会いしたことがあるけど、お兄ちゃんと仲がいいとは思えないインテリでクールな感じの男性だ。かなり整った容貌をしているけれど、薄いメガネをかけていて、どこか冷徹な雰囲気《ふんいき》を感じさせる。

いやまあ、決してメガネのせいではないんだけれど。

「おう」

「だからね、お兄ちゃん。必要ないって」

「妹を心配してんだよオレは」

「しないでよ」

「するだろ」

お兄ちゃんが私をじっと見つめる。あまりに強い眼光に思わずたじろいだ。

「オレは忘れられねえんだよ。お前が知らねえオッサンに連れて行かれそうになっていたあの瞬間が」

「それはっ」

私はぎゅっと手を握って少し俯《うつむ》くけれど、すぐに顔を上げた。

「ありがたいと思ってる。あれからずっと、たくさん守ってもらったとも……でもね、もう大丈夫だよ、私」

「うるせえ。またお前がろくでもないやつに連れて行かれそうになってんのを、オレが黙って見てると思ってんのか?」

「ろくでもないやつって何?」

「お前の恋人」

さらりとお兄ちゃんは言い放つ。さすがにカチンときた。

「鷹和さんのこと!?」

眉を寄せて言い返すと、お兄ちゃんの凶悪な眉が吊《つ》り上がった。

「タカカズ、な」

ハッとして口を押さえる。けれど後の祭りだ。

お兄ちゃんは私を半目で見下ろして唇を上げた。

「紹介しろよ日菜子。それくらい相手も了承するだろ？　真剣に付き合ってんなら」

「……それは」

会ってくれる、とは思う。プロポーズの予約までしたくれたのだ。

でも鷹和さんの返事を待たずに、勝手にお兄ちゃんに会ってもらうって決めるのは……

「そのうち、ちゃんと。……その、け、結婚しようと言ってくれているの」

「へえ。結婚なあ」

お兄ちゃんはどかっと勝手にクッションに腰を下ろす。

「仕事は何してんだよ。それくらいは教えてくれていいだろうが」

お兄ちゃんは半目のまま言う。

「オレの職業わかってんだろが。反社やら前科ありやらとは死んでも結婚させねぇぞ？」

「ぜ、前科？　そんなわけない」

「わかんねえだろがよ」

「わかるよ！」

私は観念して、ため息を吐いた。

「……鷹和さんは警察官なの。お兄ちゃんと同じ神奈川県警。だから教えたくなかっただけ。お兄ちゃん絶対邪魔するし」

「ほーん。警察官、警察官ねぇ……」

お兄ちゃんは長い足を嫌みたらしく組み直し続けた。

「所属は？」

「え、と……機動隊って言っていたけれど」

「第一機動隊にも第二機動隊にも『タカカズ』なんて名前の奴ぁいねえよ」

私はぽかんとお兄ちゃんを見つめる。

「……え？」

うまく頭が働かなくて、ようやく出たのがそのひとことだけだった。お兄ちゃんはフンと鼻を鳴らして呆《あき》れたような顔をした。

「嘘」

「オレはくだらねえ嘘はつかねーよ」

「でも……お兄ちゃんが知らないだけかも」

機動隊の人が何人いるか知らないけれど、お兄ちゃんが全員把握しているなんて思えない。してないよね？

「そ、そうだ。職場、このマンションの近くだって」

「なら第一だな」

第二は川崎《かわさき》だからと呟いてお兄ちゃんは眉を上げる。

「ダチがいるわ。電話して聞いてやろうか？　名字が何か知らねえけど、タカカズなんて男が神奈川県警第一機動隊に勤務していますか？　って」

「い、いい。必要ない」

「つうか、若手の独身だろ？　なら寮生活なんじゃねえのか？　どうしてマンションなんかに住んでんだよ」

「そ、それは寮が改修中で……」

「俺が知る限り、改修中の寮なんかねえ」

私は目を見開く。ない、って……？

「なあ日菜子。そいつ本当に警察官か？」

思わず言葉を失った。

鷹和さんが警察官じゃない？　そんなこと考えもしなかった。

「結婚詐欺師かもしんねえぞ」

「っ、そんなはずない！」

「日菜子、いいか。タカカズなんて野郎はろくでなしのスケコマシだ。ソッコー別れろ」

私は唇を噛《か》み締め、ソファにあるクッションを掴《つか》んでお兄ちゃんをぼふりと叩《たた》く。

「っおい⁉」

「お兄ちゃんの馬鹿！　なんなのスケコマシって！　何時代の不良なの！　知らない！　私は鷹和さんを信じるの！」

「ろくでもねえ男かもしんねえだろうが！　女遊び激しいスケコマシで無愛想でその上に職場のことも言えねえ、自分の女を不安にさせるようなクソみたいな男」

「違う！　不安になんかなってない！　帰って！」

叫《さけ》びながらお兄ちゃんを無理やり立ち上がらせる。もちろん私の力じゃかないっこないはずだから、お兄ちゃんは私の剣幕に押されて自分から立ち上がった感じなんだろうけれど……

そんなことはどうでもよくて、とにかくお兄ちゃんを追い出さなきゃってそれだけだった。

肋骨の奥がザワザワする。

鷹和さんが嘘をついているなんて、そんなはずないのに……！

「日菜子、考えとけよ」

「何を！」

「高柳のこと」

「考えないって！」

ばたん、と玄関のドアが閉まる。鍵を閉めてチェーンもかけた。

「お兄ちゃんの嘘つき」

ドアに向かって呟いた言葉は、静かな玄関でひどく空疎《くうそ》に響いた。


翌日になると、少し気分は変わっていた。鷹和さんが警察官じゃないなんて、いくらなんでもお兄ちゃんのブラフだろう。

お兄ちゃんが神奈川県警の警察官全員の名前を暗記しているはずはない。やけに要領はよくて不良のくせに勉強はできたお兄ちゃんだけれど……

それにしても、会ったこともない鷹和さん相手に、どうしてあそこまで強固に反対するんだろうか？　私が結婚するのが嫌なら高柳さんを紹介なんてしないだろうし……

うんうん唸《うな》りながら職場から帰宅するため駅の改札を出ると、私服姿の鷹和さんが広告がある柱に寄りかかっているのが見えた。

少し大きめのパーカーにジーンズ。ラフな格好なのにすごくかっこよく見えるのは、恋人の欲目だろうか？

すでに私のことは見つけていたみたいで、柔和な笑みがその顔面いっぱいに広がっている。

反射的に私も笑った。

こんな笑い方をする人が嘘をついているなんて思えない。絶対に大丈夫だ。

「おかえり」

「ただいま！　どうしたの？」

「ケーキ買いに来たんだ」

鷹和さんは手にしていた白い箱を私に掲げてみせる。

「ケーキ？　……あ！」

私は目を瞬いた。

「五ヶ月記念日だ！」

うん、と鷹和さんが優しく目を細める。なにしろ男性とお付き合いするのが初めてな私は、こういう「何ヶ月記念日」とかに憧れていたのだ。

それで鷹和さんに『毎月お祝いしたい』なんて言っていたのに、昨日のお兄ちゃん来襲で頭がいっぱいになって、すっかり忘れてしまっていた……！

「ご、ごめんね。私、ちょっと頭がいっぱいで、忘れてて……！」

「仕事忙しいのか？」

鷹和さんは私の頭をぽんぽんと優しく叩き、するりと手を繋いだ。

「無理するなよ」

「う、うん……」

大きな分厚い手のひらに包まれ指を絡めてぎゅっと握られる。安心する手の繋ぎ方。ほう、と息を吐く。

「非番だったから飯作ったんだ。俺の家泊まるだろ？」

「うん……！　ありがと！　何ご飯？」

「秘密」

「えー楽しみ」

手を繋いで家路を歩く。夜の空を見上げると分厚い雲が垂れ込めていた。

「雨、降るかな」

「どうだろう」

そんな会話をした矢先、ぽつりと頭に雨粒が落ちてくる。

「わ！」

「走るか？」

頷いて手を繋いだまま走り出す。最初はポツポツと小雨だったのに、マンション前ではすでに大降りになっていた。

エントランスに飛び込んで、ひどい雨だったと振り向けばガラスの自動ドアの向こうは急に小雨に戻っていた。顔を見合わせてどちらともなく噴《ふ》き出す。

「ゲリラ豪雨かな」

「ちょうど、ひどいときに出ちゃったみたいだね」

「だな。ケーキ無事かな」

いつの間にかパーカーの裾で覆《おお》うようにして走っていたらしいケーキの箱は、濡《ぬ》れてこそいなかったけれど、もしかしたら中身がぐちゃぐちゃかもしれない。

「味は変わんないよ！　雨に濡れちゃってたら、もう食べられなかったかも」

「確かにな」

笑い合いながらエレベーターに乗る。手を引かれて自分の部屋には寄らずに直接鷹和さんの部屋に向かった。部屋着ももう鷹和さんの部屋に置いていていた。

変な話、どちらか家を解約しても……と思ったけれど、鷹和さんは改修が終わり次第寮に戻るらしいから仕方ない。

寂しくなっちゃうなあ。

部屋に入り、ローテーブルにケーキを置いた鷹和さんがパーカーを下に着ていたTシャツごとがばりと脱いだ。私は慌てて目を逸《そ》らす。

だって鷹和さんの上半身裸とか、あんまり見慣れない。

ふと気がつく。

夏以降、彼が私の前で服を脱いだことはあったかな？　って。

えっちはたくさんしてる。私は毎回脱がされるけれど鷹和さんは着たままのことが多い。

あれ？　と思っている私を鷹和さんが背後から抱き締める。

「一緒に風呂入ろうか、日菜子」

「……あ、うん」

ぼんやりしていたせいで素直にそう返事をしてしまってから、ハッと気がついて首を振る。

「な、なし！　いまのなし！　私、ひとりで」

「ダーメ」

ウキウキと鷹和さんは私を抱き上げて歩き出す。

「ずっと誘いたかったんだよ、風呂。なかなかチャンスがなくて」

「そ、そうなの？」

そうなんだよ、と鷹和さんは洗面所に私を立たせて呟いた。

「色々あって」

「色々？　……ひゃあっ」

バンザイさせられて、子供みたいな色気もひったくれもない脱がされ方をされてしまう。濡れていて脱がせにくかったのはわかるけれど……！

「も、もう。自分で脱ぐのに」

反射的に胸を隠して彼を見上げると、鷹和さんは肩を揺らして笑いながら自分もジーンズを脱ぐ。

私を抱き抱えるようにしてお風呂に連れ込んで、シャワーのレバーを捻《ひね》る。勢いよく降り注ぐ心地よい熱さに目を細めた。

「あったかいー」

「やっぱり冷えてたな。……なあ、日菜子の髪洗っていいか？」

洗ってみたかったんだ、と無邪気《むじゃき》な様子で彼は言う。

おずおずと頷くと、鷹和さんは私を椅子《いす》に座らせて楽しそうな様子で私の髪を濡らしていく。

「触り心地いいからさ、日菜子の髪。洗ったらどんなふうかなって」

シャンプーを手に取り、鷹和さんはわしゃわしゃと私の髪を洗った。人に髪の毛を洗ってもらうのはすごく心地いい。思わずうっとりした私に、鷹和さんは「よし、流すぞ」と告げる。

「気持ちよかった。半分寝てたよー。もっとしてほしかった」

「そうか？」

明日も明後日も洗ってやる、と鷹和さんは笑って私も笑い返して、ふと鏡に目をやる。くもり防止のついた、浴室の大きな鏡……

そこで私はドッと変な冷や汗が出てしまって目を疑う。彼の硬い胸板にある小さな跡は……とてもうっすらしているけれど、鬱血《うっけつ》のように見えた。

鷹和さんが私につけるキスマークに、あまりにもよく似ていた。

こんなの、さっきまであったっけ？

戸惑って身を硬くする私の頭にシャワーのお湯がかかる。鷹和さんの硬い指先が髪のシャンプーを落としていく。

「あとトリートメントでいいのか？」

そう言いながら鏡越しに私を見る鷹和さんに慌てて頷いてみせた。

「あ、うん、そう。お願いします……」

だめだ、そんなはずないのに動揺してしまってる。

聞けばいいんだ。それなあにって。

きっと大したことない理由だ。

前も言ってた。なんでも聞いてくれって。

そして彼は嘘をつくような人じゃない。

「日菜子？　どうした？」

鷹和さんが座って、私を下から覗き込む。その胸にあるのは……私には、やっぱりキスマークに見えた。色んなことがうまく言葉にできない。

ただ、胸をつくように湧いたのは泣き叫びたくなる嫉妬だった。お兄ちゃんの「スケコマシ」が頭をよぎる。

お兄ちゃんは何か知っているの？

だから鷹和さんとのことを反対しているの？

「日菜子」

鷹和さんが私を抱き締める。

「本当に、どうしたんだ」

「そ、の……ちょっとね、仕事でミスしちゃって……それで……思い出して」

そっか、と鷹和さんは嘘をついた私の頬にキスをする。

鷹和さんは優しく私の身体を洗ってくれる。優しく優しく、労わるように……彼のが大きくなっているのに気がついたとき、さっきの嫉妬が背中を押す。

やだ、私の鷹和さんなのに。

私は振り向いて彼に触れるだけのキスをする。

「日菜子？」

「し、たくなっちゃった……」

そう言ってボディソープの泡まみれのまま、鷹和さんに抱きついた。

「日菜子。疲れてるんじゃ」

「ん……元気」

彼の首筋にしがみついてかぷかぷと耳朶を噛《か》むと、鷹和さんは耐えるような息を吐《は》いた。

そっと胸板に触れる。キスマーク……みたいなやつを指先で撫でて、何気ない声を意識して口を開く。

「ここ、どうしたの？」

「え？　ああ、まだ残ってたのか」

微かに眉を寄せ、鷹和さんは呟く。それからハッとした顔をして、ものすごく慌てた様子で私の肩を掴んだ。

「日菜子！」

「な、なに？」

「これ虫刺されの跡だからな……！」

「虫刺され……？」

私は眉を寄せた。

「こんなとこを？」

「刺されたんだよ」

そう言いながら、必死で背中を見せてくる鷹和さんに目を瞠《みは》る。

「ほら！　多分背中にも残ってる！　虫刺され！　仕事中に！」

再び私のほうを向いた鷹和さんは、びっくりするくらい情けない顔をしていた。大きなワンちゃんみたいな……思わず笑ってしまって肩を揺らした。

「ご、ごめん」

笑った私を見て、彼は思い切りほっとした声を出す。

「良かった……こんなことで疑われて嫌われたら俺生きていけない……」

肩を落とす鷹和さんに抱きついた。

「疑ってごめんなさい。でもほんのちょっとだよ」

「いやもう、マジで焦《あせ》った……消えたと思ってたんだけど、身体あったまると目立つな。聞いてくれてよかった」

鷹和さんが私を抱き締め直して頬擦《ほおず》りをしてくる。私は笑いながら、彼のしたいようにするに任せる。

そうだよ、こんな鷹和さんが私に嘘をついているわけがないじゃない。

「あのね、鷹和さん。お仕事のこと聞いてもいい？」

「もちろん。機密以外なら」

さらりと答える彼を見上げ、そのまっすぐな瞳を覗き込む。

「あのね、機動隊ってどこの？　川崎じゃないよね？」

「いや、横浜《よこはま》。言っただろ？　近くだって。第一機動隊」

その瞳はまっすぐ揺るがず、変わらぬ真摯《しんし》な表情のままだった。温かいシャワーは変わらず降り注いでいるのに、冷たい汗が背中に滲《にじ》んだのがわかった。

ああ、彼は嘘をつける人だ。

それを唐突に理解した。

「そうなんだ」

笑う私も、きっと嘘つきの才能がある。

「お兄ちゃんが鷹和さんに会いたいんだって」

「マジか。緊張するな……少し先でもいいか？　仕事が落ち着いたら」

「うん」

嘘つきな私たちは唇を重ねる。変わらぬ愛情を感じて、ちょっとだけ泣きそうになった。

私は彼が好きだし、彼も私のことを慈《いつく》しんでくれているのに、なのに本当のことは教えてもらえない。

信頼されてないのかな？　それがとても切なくて苦しくて悲しい。

鷹和さんは警察官じゃないのかもしれない。

一度そう思うと、ダメだった。

『見たものしか信じない』だなんて、格好つけて言っていたくせに——

いままで「誤解だよ」と、優しく話してきてくれたこと全てに疑念を抱いてしまう。

胸の鬱血は虫刺されじゃないのかもしれない。

純菜《じゅんな》さんは双子のお姉さんじゃないのかもしれない。

佐野《さの》鷹和っていう名前自体も、違うのかもしれない。

隠しているもののために、私はいつか捨てられるのかもしれない。

それでもあなたが好きで離れるなんて考えられない。騙されていたっていい。

好きだから。

――ねえ、あなたは誰？

微笑《ほほえ》む私を彼は抱き上げ、鏡に手をついて立たせて胸や肉芽や色んなところをシャワーで流しながら触れていく。

心は重苦しいのに、鷹和さんにすっかり馴染《なじ》んだ身体は簡単に蕩《とろ》けていく。

お風呂のあと、開いたケーキの箱の中でケーキはぐちゃぐちゃになっていた。たったそれだけのことがなんだか急に胸をつくほど悲しくて、箱を持ったままケーキを見つめた。

「日菜子、買い直してくるよ俺」

鷹和さんは眉を下げて言う。首を横に振り「これがいい」と譲らない私を膝に乗せ、「日菜子の言うとおり、味、変わんないな」とフォークで私にケーキを食べさせてくれる。

ケーキの味はおいしくて、でももうぐちゃぐちゃぐちゃで。

私たちの未来もぐちゃぐちゃになってしまわないかって、それだけが不安だった。

お兄ちゃんに横浜市内のカフェに呼び出されたのは、銀杏《いちょう》が色を濃くしだした十一月の半ばだった。

鷹和さんのことで何か話があるのではとホイホイ呼び出されたのだけれど、最初から怪しいと思うべきだった。

だってあのお兄ちゃんが、横浜市内の海辺の公園が見下ろせる高級ホテルのカフェなんてものを指定するはずがなかったからだ。大型客船が澪《みお》を描く港湾を抱く、昭和の初めに造られたという歴史ある公園。

私はそれを眼下におさめながら、彼が何か言葉を発する前に頭を下げた。

「高柳さん、ごめんなさい！　私、付き合ってる人がいるんです！」

向かいの席に座った高柳さんは目を丸くし、それから苦笑してさっきウェイトレスさんが持ってきてくれたお冷やのグラスを手に取って優雅に微笑む。

「よかった。僕もどうしたものかと思っていたので」

「っ、いいえ、すみません……！　高柳さんもお兄ちゃんに無理やりなんかこう、騙された感じですよね」

「そういうわけでもないのですが」

高柳さんはそう言って、とても優美な仕草《しぐさ》でメガネのフレームに触れた。それからゆったりと頬を緩める。

「まあ、とりあえずお茶だけでもして帰りましょう。さすがに折口《おりぐち》警部補も見張っていないとは思いますが」

「ありがとうございます……」

そう言いながら顔を上げ、ちょっと不思議な気分で高柳さんを見つめる。

「何か？」

「あ、いえ……以前お会いしたときより、雰囲気が柔らかくなったなと」

「そうですか？」

高柳さんは目を瞬《またた》き、それからひどく愉《たの》しげに笑った。

「最近、猫を飼い始めたからかもしれませんね」

「そうですか……猫、可愛いですよね」

「とても可愛いんですけど、躾《しつけ》がなかなか。誰が主人か理解できていないみたいで」

「ええ、猫ってそんな感じじゃないですか」

「なんですかねえ。悪戯《いたずら》盛りで困ったものですよ」

そう言って微笑む高柳さんに、私は太ももの上に拳《こぶし》を握って聞いてみることにする。

高柳さんは県警本部に勤務している。警備部だったかなんだったか……とにかく内部事情に詳しいのではないかと思ったのだ。

「高柳さん。すみません、急にこんなことを聞いて申し訳ないんですけど」

「はい」

「佐野鷹和という男性が、第一機動隊に所属しているかはわかりますか？」

高柳さんは微かに目を瞠《みは》ってから「いえ」と端的に答える。

「そんな人物は第一機動隊には所属していません」

「そう……ですか」

わかりきっていた答えにそっと目を伏せる。

窓ガラスの向こうでは、秋の日差しに波が煌《きら》めいていた。雲母を撒《ま》き散らすかのような秋の陽光。ぎゅーっと心臓が痛かった。


会話も途切れがちな私を、高柳さんは律儀に駅まで送ってくれた。公園脇の銀杏並木目当ての人混みの中を並んで進む。

行き交う人にどんと肩を押され、よろめいた私を高柳さんが支えてくれた。

それはただの親切な行為のはずで、感謝すべきことで、なのに私は反射的に恐怖で固まってしまう。

……ああ、私、何も進めてない。刃物も変わらず怖いし、男の人もダメなままなんだ。

冷や汗がドッと出て、気が遠くなっていく。

鷹和さんだけが例外。彼だけが特別――……

「日菜子さん？　……失礼」

高柳さんは私を支えて歩道脇にある茶色の柵に座らせてくれる。座ったことそのものより、高柳さんが離れてくれたことに申し訳ないけれど、とてもほっとした。

「すみません。……もしかして男性恐怖症？」

「……みたいな感じ、です。この間、銀行強盗に遭ってからなんですけど」

ああ、と高柳さんは眉を上げた。

「あれは大変でしたね。折口さんも白バイで銀行に突っ込もうとしてましたし」

「……!?　そ、それは初耳です。その節はご迷惑を……」

高柳さんは苦笑して首を横に振る。

「というか、助けるつもりがかえってすみません。どうしますか、折口さんを呼びますか」

「いえ、少し休めば……」

「そうですか。良かったです」

高柳さんが微笑む。

「高柳さん。もうひとつお伺いしていいでしょうか」

「構いませんよ」

「私が人質にされたとき、首のどこに刃物が当たっていたかご存じですか？」

「刃物？　……すみません、知らないな。捜査資料を読めばわかるでしょうが」

「ですよね……すみません」

不思議そうに私を見下ろす彼の背後の色づいた銀杏からは、秋の日差しが降り注いでいた。


帰宅すると、鷹和さんが部屋にいた。

「わ！　鷹和さん。どうしたの？」

鷹和さんはいつもどおりのラフな服装だった。スウェット素材のパーカーに、濃い色のジーンズ。立ち上がって私のほうまでやってきた彼は、無言のまま私の手首を握る。

「鷹和さん……？」

「様子が変だなと思ってたんだよな、最近」

「え？」

「高柳って、折口警部補と仲いいもんな」

「……高柳さん知ってるの？」

「知ってるよ。同期だからな」

私はバッと鷹和さんを見上げる。心臓がやけに速く動いているのは、嬉《うれ》しかったせいだ。

高柳さんを知ってるってことは、鷹和さんもまた警察関係なのは間違いなさそうで……つまり、警察官というのは嘘じゃないのかなって思って。

だとすれば、私の首のどこに刃物が当たっていたかを知っているのは……捜査一課？　何度か事情聴取された。でもどうして機動隊なんて嘘を……

それに刑事部にいるのなら勤務体系が違う。基本的に土日が休みになるはずだし。

「日菜子、何考えてる？」

見上げた鷹和さんの表情に思わず固まる。初めて見る目だった。整ったかんばせに浮かぶ、歪《いびつ》な笑顔。

「た、鷹和さん……？」

「高柳、同期で一番の出世頭なんだよな。警部補昇進も一番早かったし。そりゃ折口警部補も高柳を推《お》すか」

「そうなの？　……じゃなくて、鷹和さんどうして」

「今日、高柳と会ってたよな」

鷹和さんの剣呑《けんのん》な雰囲気にしどろもどろになってしまって、うまく質問ができない。

それに鷹和さん、お兄ちゃんのこと「知らない」って言っていたはずなのに、いま「警部補」って呼んだ。

それだけじゃない。どうして私が高柳さんと会ったの、知ってるの？

「日菜子」

鷹和さんは私の名前を呼んで縦に抱き上げる。子供みたいに抱き抱えるんじゃなくて、少し乱暴に肩に担《かつ》がれた。

「え、あ、あの」

「可愛い服まで着て、爪も綺麗《きれい》にして――高柳に会うため？」

その言葉で、ようやく私は鷹和さんに誤解されているのだと気がつく。

「ち、違」

服は市街まで出るからだし、爪は鷹和さんが褒《ほ》めてくれるから――！

首を横に振る私を、彼はベッドに押し倒す。膝立ちで私を跨《また》いで、昏《くら》い熱を帯びた目で見下ろしてくる。

「ダメだ。渡さない。絶対に」

鷹和さんは私を押し倒したままローテーブルに手を伸ばす。そこで私はようやく、白い紙袋がそこにあったことに気がついた。

丈夫そうな、分厚い紙袋だ。持ち手はサテンのリボンで、口止めにリボン結びされている。

彼は無造作にそれを解《ほど》き、中からアクセサリーケースを取り出した。それも白い箱だった。

うまく頭が働かないうちに彼はそこから指輪を取り出す。

指輪？

目を瞬いている私の左手を掴み、鷹和さんは薬指にそれを嵌《は》める。

ぴったりだった。

ダイヤモンドの指輪だ、と混乱している私の指に自らの指を絡めてシーツに押し付け、鷹和さんは低くて掠れた声で呟く。

「噂《うわさ》になってる。折口警部補が箱入りの妹に高柳を紹介するって、結婚まで視野に入れてるって——嘘だと思ってた。これ受け取りに行って日菜子と高柳が抱き合ってるのを見るまでは」

噂？ 抱き合ってる？ 私は目を丸くして首を横に振る。噂はともかく、きっと銀杏並木での出来事だろう。はっきり否定したいのに、言葉を紡ぐ前に唇をキスで塞《ふさ》がれた。

「んんっ……」

「渡さない。日菜子、日菜子……っ」

私の口の中を舌で蹂躙《じゅうりん》しながら彼は何度も狂おしい声で私を呼ぶ。いつもの丁寧さは全くなかった。ただ性急さと焦燥《しょうそう》と愛情だけを感じた。舌を絡ませて擦り合わされて、唇ごとちゅうと吸い上げられて身体から力が抜ける。

「た、鷹和さ……」

「ごめん日菜子、いまは何も聞きたくない。日菜子が俺のだって確認させてくれ」

どこまでも力強い、男性らしい声なのに、怯《おび》えがその奥にあるのを感じる。迷子みたいな声音に、肋骨の奥が痛んだ。

なんでだろうね、私、彼がすること全て受け入れられるんだ。

鷹和さんが嘘つきでも。私のこと、騙してても。

刺されたように胸は痛むけど、構わない。

「いいよ、鷹和さんの好きにして」

彼がいまは何も聞きたくないと言うのなら、それでいい。力を抜いた私の服を彼はあっという間に脱がせてしまう。下着も、全て。

身につけているのはダイヤモンドの指輪だけだ。

彼は私の肌の上を節が張った指でなぞる。他の人の痕跡がないかを確かめるように。丹念に触れられて、私の下腹部が熱を帯び出す。

鷹和さんが私の足を大きく開く。まだお昼前で、秋の陽が部屋に差し込んでいる。開かれた私の濡れた粘膜までも丸見えだろう。

恥ずかしくてそっぽを向くと、頬を掴んで正面を向かされた。

「俺のこと見てて、日菜子。俺がどれだけ君を愛してるか、君しか見えてないか、君に夢中になってるか」

そう言って自分も服を脱ぐ。彼の虫刺され……あるいは鬱血がほのかに浮き出しているのは、彼が興奮しているからだろう。

鷹和さんは私をベッド脇の壁に寄りかからせた。そうして私を見て微笑んだ。

いつもの笑い方。目だけが相変わらず昏い。

「ちゃんと見てて」

そうして私の膝を持ち、足の付け根に顔を埋める。

「んんっ」

肉芽を念入りに舌で解《ほぐ》される。指で皮を剥《む》かれて、神経が剥き出しになったかのようなそこを優しく舌先でつつかれ、つい腰が揺れる。

「ん、ぁあっ、んぅっ」

自分のものと思えない、どこか媚《こ》びさえ感じる甘えた声だった。優しい舌の動きにうっとりと快楽の波を感じていると、唐突に——本当に急に、彼は肉芽を舌で押し潰した。

「ぁあ……っ！」

思わず彼の髪を掴み、叫ぶ。腰がビクビクと震えた。

そんな私の肉芽を、彼は同じようにぐちゅ……と何度も押し潰す。

頭が真っ白になる快楽の絶頂にうまく舌が回らない。

「やめ、てっ、イって、るうっ」

私の言葉を無視して彼は甘くそこを噛む。まともに声も出なかった。

悲鳴のような嬌声のような、そんな中途半端な甘えた声を上げ腰をくねらせる。頭を振ったせいで、壁に髪が擦れてしゃらしゃらと音を立てる。

「ゃ、やぁっ、イってる、イってるってばあ……っ」

私の訴えをまるっと無視して、鷹和さんは執拗に肉芽を弄《いじ》り続ける。ちゅうっと吸い付かれて足先まで震えた。頭の中どころか、目の前まで真っ白でもう何も考えられない。イくとすら言えない、もう舌が回らない。

「う、ぁ、あっ、ふぅ……っ、あぅ」

はは、と鷹和さんが低く笑う。

「かわい、日菜子」

ちゅ、ちゅっ、と肉芽に吸い付くキスを繰り返した鷹和さんは、信じられないほどうっとりとした顔をしていた。

視線が合って、彼は目を細める。褒めてもらうのを待っている子供みたいな顔をしていた。

私は絶頂に震える指先で彼の短い髪に触れる。ゆっくりと撫で、回らない舌で告げる。

「き、もちぃ……」

「本当に？」

「う、ん……っ、ぁあっ」

吸い付かれたまま神経の塊《かたまり》を舌先で押し潰されて、もう抵抗する余力すらない。

とろとろと淫《みだ》らに水を垂れ流しながら、私のことを大好きで、でも嘘つきな大型犬みたいな彼にやりたい放題にされてしまう。

壁を擦るようにベッドに倒れ込むと、腰を持たれ少しシーツの上を引きずられる。まっすぐ寝かされて、脱力したまま彼を見上げた。私の腰のあたりを跨ぐ彼の屹立は、信じられないほどに怒張していた。肉ばった先端から涙みたいに露が零《こぼ》れる。

彼は微かに口だけで笑ってから、ヘッドボードにあるコンドームを箱ごと取り出す。枕の横に撒《ま》き散らして目線だけでそれを見て「あと五個」と呟いた。

「……え？」

「ああごめん、残り個数の確認じゃないよ。さすがに日菜子が高柳とヤったとは思ってない」

そう言って、するりと私の頬を撫でる。

「他の男の痕跡を見逃したりしない」

情念が潜《ひそ》む笑顔に、ひゅ、と息を呑んだ。

ずっと鷹和さんを穏やかで優しい人だと信じ込んできた。でもそれだけの人じゃなかった。

彼は優しくて、嘘つきで、そして私に狂おしいほど執着している。

捨てられるかもなんて思っていたのが懐かしい。

そんなはずがない。彼は私を貪り尽くしてしゃぶり尽くしても手放すことはない。

怖い。

——でも、嬉しくてたまらない。本当に。

じわじわと喜びが広がる。

「うちにまだ新しいコンドームあったたな。俺何回できるかな」

目は笑ってないのに楽しげにそんなことを言う。

何回？　横目でコンドームを見た。視線を彼に戻すと、彼はひとつめを自身に着けたところだった。

ぬるぬると屹立で入り口を擦り、そうしてゆっくりとナカを押し広げるよう進んでいく。彼のもので充溢する感覚に身体が悦《よろこ》んでいるのがわかる。肉襞が、子宮が、わななく。

「うぅ……っ」

彼の腕を掴み顎を逸らした。味わうように、あるいは味わわせるように彼は緩慢に腰を動かす。欲しがってぐちゃぐちゃに蕩ける最奥には進んでくれない。

「んんっ、うっ」

欲しくてたまらなくて、腰が浮く。揺れる腰を大きな手のひらでがっちりと掴まれて、浅いところを擦るばかりになっていた。

「あっ、鷹和さん、お願い……」

「日菜子」

本当に嬉しそうに笑って鷹和さんは腰を引く。先端の膨らみだけがナカにある。それを必死で締め付け、奥へ誘おうと本能が騒ぐ。なのに彼は私の太ももを押して全く進んでくれない。最奥が切なく疼《うず》いてもはや痛い。ぽろりと涙が零れた。

「お願いぃっ……」

あさましく腰を上げて、みっともなく腰を揺らして懇願する。奥まで苛《いじ》めて、最奥を突き上げてと淫らに腰をくねらせねだる。

鷹和さんが微笑んだ。心の奥からの、花咲くような微笑みだった。私しか見えてない目だ。

「どうしてほしいか言って」

「――っ、奥までっ」

「奥まで、誰ので埋めてほしいのか言ってくれ。日菜子」

鷹和さんが腰をさらに引く。屹立が抜けてしまう寸前で、私は半ば叫ぶように言った。

「鷹和さんのっ……」

「俺のを？」

「全部ちょうだい……っ」

頬に熱が集まっている。恥ずかしくてたまらない。

でも答えは正解だったみたいで、鷹和さんは私の頭を撫でてから腰を掴み直し、一気に奥まで貫いてきた。

「ぁ、ぁあ――……っ」

ぎゅううっ、と私のナカの粘膜が悦んで彼に媚《こ》びて吸い付く。欲しかったの、ありがとうと言わんばかりにうねって痙攣を繰り返す。そのナカを彼の屹立はズルズルと動いた。彼が動くたびに肉襞が引っかかれる。そのたびに淫らな水は増して聞くに堪《た》えない音を立てる。

「はあ……俺の、溶けそう」

鷹和さんが低く呟く。彼も気持ちいいのだとわかって喜びが増す。そのせいだろうか、ナカが強く彼のを締め付けた。

「っ、日菜子」

あー、と彼は掠れた息を吐き、観念したように私の膝裏に手を回す。そのままぐいっと持ち上げたかと思うと、膝が胸につくくらいに押し広げ抽送を激しくした。

「あ、あ、あっ、ああっ」

ほとんど真上から突き落としてくるかのような動きに勝手に声が漏れる。意識して止められる声じゃなかった。最奥を暴力的な快楽で蹂躙《じゅうりん》されて出る悲鳴だ。

「ぅ、ぁ、あっ、イくぅ……っ」

私は彼の腕を手で掴み、抵抗することもできずただイかされる。けれど彼は動きを止めない。イかされた状態のまままた絶頂に追いやられ、いやいやと子供みたいに首を横に振ってただ粘膜が擦られる淫らな水音を聞くことしかできない。

「は、ぁっ、きもちぃ、っ、好き、好き……鷹和さんっ、好き」

蕩けかけた理性で、ただ思いついたことを口にする。鷹和さんは「はっ」とした顔をして、それから端正な顔をぐちゃぐちゃに歪《ゆが》めた。

「っ、俺も……っ」

鷹和さんが腰の動きをいっそう早くして、それに伴《ともな》うように私のナカに埋もれた彼の屹立が質量を増す。

「ふ、ぁ、おっき……っ」

快楽を堪《こら》えられず目から涙が零れている。もしかしたら涎《よだれ》まで垂らしているかも。

けれどそんな私に鷹和さんは「やばい、そのイき顔くそ可愛い」と告げて、ぎゅうっと私を抱き締めた。同時に彼のが別の生き物のように私のナカで跳ねる。吐き出すような動きだ。

コンドームの薄膜越しに欲を吐き出した鷹和さんは、しばらく肩を上下させて荒く呼吸を繰り返したあと、私のナカから出て行く。たっぷりと白濁を溜め込んだそれを外し、ティッシュに包んで捨ててから枕の横に手を伸ばす。私は目を瞬いた。

二個目。慌てて彼に目をやる。何回かすることもあるけれど、こんなに早く始めることはない。いつも私の様子を気遣って……鷹和さんが目を細め私の髪を撫でる。慈しむ動き。

それだけで十分だった。そっと目を細めて微笑んでみせる。

鷹和さんはぐっと眉根を寄せてから私を横向きにして、片足を肩に担ぐ。そうしてさっきと同じくらいに……いや、さらに張り出すように大きく硬くなった熱を私のナカに埋めていった。

「は、ぁっ」

今度は焦《じ》らすことなく奥まで進んでくる屹立が、奥のさらに奥を突き上げる。子宮を直接ぐりぐりされているかのような快楽に、思わずシーツを掴み逃げようとした。

「こら」

鷹和さんの声が甘い。ゆっくりといつものトーンに戻っていっているらしい。

「日菜子、逃げない」

肩に担ぎ上げた足をなだめるように撫でて、彼は最奥を肉ばった先端でこじ開けるように抉《えぐ》る。そのたびに下生えが擦り合わされ、にちゅにちゅと音を立てた。肉芽も潰され高い声で喘いだ私を、彼は大切そうに何度も撫でる。

「好き。好きだ、愛してる」

そう言いながら腰の動きを速くする。肉襞を引っ掻《か》いて私のナカを動く彼の熱が愛おしくてたまらない。肩に担いだ私の膝に彼はキスを落とす。愛おしいと直接言われるより、よほど感情が伝わってくる。

上り詰めていくに従って、私のナカが蠢《うごめ》き彼のものをきゅっ、きゅうっ、と締め付け始める。そのナカを彼は抽送し続け、そのたびに淫らな音が生まれる。

鷹和さんは腰を動かしたまま、ローテーブルの上にあったミネラルウォーターのペットボトルに手を伸ばす。片手で蓋《ふた》を開けて床に落とし、抽送を止めないまま、ゴクゴクとそれを飲んだ。

喘《あえ》ぎすぎて渇いた喉が水分を欲しがって勝手にごくりと唾を飲み込む。

鷹和さんは軽く眉を上げ、ゆっくりと腰の動きを止めた。そうして私から引き抜く。

「あ、っ」

つい声を上げた私を彼は片手で抱き上げ、引き寄せた。あぐらをかいた自分の膝に座らせて、口移しで水を飲ませてくる。

「ん、んんっ」

与えられた水分を、身体は喜んでこくこくと飲み干す。唇の端から水が垂れた。それを鷹和さんは分厚めな舌でざらざらと舐《な》めていく。獰猛《どうもう》な肉食獣に味わわれている気分になる。軽いリップ音と一緒に離れていく彼の唇が水で濡れている。ちろりとそれを舐めると、鷹和さんは私をかき抱いた。耳殻や耳の裏に唇を這《は》わせ、そうして私を再びベッドに押し倒す。ぎゅっと抱き締められ、そのまま挿《い》れられる。ほとんど足を開かないままなのに、濡れそぼった粘膜は難なく彼の太い熱を受け入れた。

「ん、ぁ、あっ」

ぴったりとくっついた身体。お互いの熱がはっきりと伝わる。汗ばんだ肌、弾《はず》む呼吸、どちらのものかわからない鼓動、ぐちゅぐちゅと音を立てる私から零れた温かな水。

足を閉じているから、彼の形や硬さがはっきりとわかる。彼のもので充溢した淫らな内臓がわななないてひくつく。

「ん、んんっ、あぅっ」

私の身体の中を、彼のものが激しく動く。やがてぐうっ……と最奥を抉り上げた。

「あ、だめ、だめだめだめっ」

身体の中心を抉られている快感は、気持ちよすぎて怖いほどで、でも逃げることもできずどうしようもなく与えられる快感に……鷹和さんにされるがままになる。

「っ、来ちゃう……っ」

顎をそらし快楽の波を受け止める私のナカで、彼もまた欲を吐き出す。

鷹和さんは私の頬を撫で、顔中にキスを落としてくる。

「大好きだ、日菜子」

「鷹和さん……」

靄《もや》がかかった意識の中、息も絶え絶えに彼の名前を呼ぶ。

私は必死で呼吸を整え、思い切って彼を見つめ「あのね」と情事に掠れた声で言った。

「鷹和さん、私に何か隠してるよね」

「──日菜子」

「どうして？　信用できない？」

「っ、そうじゃない！　そんなんじゃなくて」

鷹和さんは私をかき抱く。

「違う。違うんだ。愛してる」

私は目を丸くして彼の広い背中を撫でた。筋肉の筋張ったところを繰り返し擦る。

「あのね、そうじゃなくて」

私も大好き。彼が嘘をついてたっていい、そばにいさせてと告げるつもりだった。けれど鷹和さんはそんな暇を与えてくれない。それだけ必死なのが伝わってくる。

「嘘をついているとしたら、どうする気だ？　俺から離れる気か？　絶対に嫌だ」

呼吸を乱す彼を見つめる。こんなふうになる彼を見るのは初めてだった。

「嫌だ、日菜子……そばにいてくれ、頼むから」

そう彼が掠れた声で告げたのと、彼のスマホがローテーブルの上で音を立てるのとは同時だった。あの嫌な着信音だ。目覚ましの音と同じくらい嫌い。

「……っ、悪い。仕事だ。多分、緊急の」

私から離れていく体温。彼は電話に出て、それから「了解」とだけ低く言った。通話が切れたスマホをローテーブルに放り、彼はパーカーを手に取る。

「日菜子、ごめん。無理やり、シて……」

「無理やりじゃないよ」

「でも」

「大好き、鷹和さん」

私の言葉に彼は目を瞠り、それから泣きそうな顔をしてバサリとパーカーに頭を突っ込んだ。

「マジでごめん。俺、日菜子のことになると頭おかしくなる。こんなに誰かに執着するのも大切で守りたいのに嗜虐《しぎゃく》心湧いて止まんなくなるのも日菜子が初めてで」

「おかしくなってくれていいよ。大好き」

ジーンズも穿《は》き終えた鷹和さんがぎゅっと私を抱き締める。

「……俺にしかできないことがあって、どうしても行かなきゃならない」

「……鷹和さん」

「日菜子。俺は何があっても君を手放すつもりはないから、それだけ覚えておいて」

私はその広い背中を見つめる。私のこめかみにキスを落とした鷹和さんが立ち上がり、部屋を出て行こうとする。

ハッとして後を追った。裸のまま、指輪だけを身につけて。

なんだか行かなきゃいけない気がする。

「鷹和さん！」

ドアを開く直前だった彼は目を見開き、慌ててドアノブから手を離す。

「日菜子！　そんな格好で」

「大好き」

彼にしがみついてそう告げた。

「大好き。あなたがとんでもない詐欺師だとしても死ぬまで愛してる」

鷹和さんは目を丸くして口を開く。

「……日菜子。詳しくは話せないんだけど、ちゃんと、俺……」

「ごめんなさい引き留めて」

彼の言葉に被せるように謝罪する。

「怪我《けが》だけしないで、私のところにちゃんと帰ってきてね」

見上げて微笑む私に、彼は触れるだけのキスをして少し泣きそうな声で言った。

「……やっぱり君、最高にかっこいいな」

「そうかな」

鷹和さんは私の手を握って、それから名残惜しそうに手を離して部屋を出て行く。私はふらふらベッドに戻って、薬指に嵌まったダイヤモンドの指輪を眺《なが》める。

胸がぎゅうっと痛んだ。

私は彼を信じる。

何をしているのか、あなたが何者なのかわからないけれど……でも、どうか無事で帰ってきてほしい。

それだけ叶《かな》えてくれるのなら、他に何もいらない。

【六章】鷹和

かっこいい男でありたい。

妹を守るために躊躇《ちゅうちょ》なく飛びかかったあの人のような。

目の前の誰かを救うために、自ら人質の交代を名乗り出る、そんなかっこいい日菜子《ひなこ》にふさわしい男でありたいと思う。

……さっきは最高にかっこ悪かった。罪の意識と、後悔で胸が張り裂けそうになる。自分が自分でコントロールできなくなったのは、生まれて初めてだった。

「悪かったな佐野《さの》、非番に呼び出して」

「いえ」

黒のアサルトスーツを身に纏《まと》った俺は、井口曰《いぐちいわ》くの「ジュンちゃん」こと特殊銃I型を手に二班の隊長に目礼する。まだ目出し帽のようなバラクラバは被っていない。グリップ性の高いタクティカルブーツが床を擦り音を立てる。

トラック型の特殊警察車両、据え付けられたホワイトボードには毎秒ごとにと言ってもいいほど情報が書き加えられていく。

「お前にしか任せられない」

俺はぐっと銃の腹を撫《な》でる。やれるよな？

今日はおそらく、数十年に及ぶＳＡＴの歴史のなかで初めて射撃命令が下る日だ。

「人質となっているのは米軍高官の孫娘だ」

隊長の言葉に頷《うなず》く。

最近跋扈《ばっこ》していた連続窃盗犯。なかなか検挙されないことに味を占めたのか、犯人はセキュリティがしっかりした高級住宅街にも現れるようになっていた。先日はついに住民に重傷を負わせている。

そうして今日、盗みに入ったのがたまたま米軍高官の家族の住む高級マンションだった。すぐさま警備を呼ばれたことでパニックになった犯人は、孫娘を人質に立てこもったのだ。

万が一高官の孫娘に何かあれば外交問題になりかねない。実際いま、米国政府から「なぜさっさと射殺しない？」と突き上げが入っているところらしかった。

「射殺なんて簡単に言ってくれるよなー……」

隊長は苦く笑って現場の説明に戻る。

「そもそも狙うことすら難しい」

犯人が立てこもっているのは、高級タワーマンションの三十五階。眺望を売りにしたそのマンションの半径数百メートル以内に同程度の高さの建物はない。

「唯一あるとすれば、ここ」

五百メートル離れたタワーマンションの一室を、すでに住民の許可のもと警備部で借りることになっていた。

「佐野、お前この間の陸自との合同訓練、八百いけたんだよな」

「はい」

「……ただ、やはりビル風の影響は無視できない。どうだ？　やれるか？」

俺は現在の風速のデータなどを担当官から受け取り、脳内で計算する。

「いける……と思います。やれます」

答えながら指先が冷えた。

さっきまで愛おしい人に触れていたのに、いまから俺は人を殺すのか。

優しい声を思い出す。嫉妬と激しい独占欲でめちゃくちゃで、ちゃんとしようとしていたプロポーズすら無茶苦茶になって、けれど彼女は俺を笑って受け入れてくれた。怪我をせず帰ってきてと無事を祈ってくれた。

なんて強くしなやかな人なんだろう。信じられないほどかっこいい。

件《くだん》のマンションの部屋に向かうと、すでに何人もの捜査官が窓辺から当該部屋を望遠レンズで注視していた。イヤホンでは怒号が飛び交っている。この間、日菜子が人質になったときに下りなかった射撃命令が、驚くほどスムーズに下りてきた。

命に軽重はあるのか？

政治的にはあるようだった。どんな感情を抱けばいいのかわからない。

スコープを覗《のぞ》く。犯人は大型のダガーナイフを手に女性を抱え込んで怒鳴っていた。時折ナイフを握る右手を振り上げて威嚇《いかく》するような動作を見せる。おそらく人質の携帯電話と繋いで交渉中の警察がどこからか部屋を見ているのは気がついているのだろう。

人質の女性は、孫娘と言われて想像していた可憐《かれん》な少女ではなく、鍛えられているのがひとめでわかる体躯《たいく》だった。外国人の年齢はいまいちよくわからないが、おそらくは三十代半ば。

「……軍人？」

「らしい。米空軍の女性将校だ。たまたま休暇で日本を訪れていて巻き込まれた。従妹《いとこ》を先に逃したせいで逃げ遅れたんだと」

ふと背後から聞こえた知った声に目を瞠《みは》る。

「……高柳《たかやなぎ》」

「非番に悪かったな。僕が隊長に推《お》したんだ。佐野ならいけると」

高柳は警備部に所属しており、俺がＳＡＴの隊員だと知る数少ない相手だった。

「どうして」

「いけるだろ？　僕が知る限り、君は日本の狙撃手の中で一番腕がいい。君が無理なら他のやつじゃ完全にアウトだ」

さらりと言われて毒気が抜けた。

「そうか……」

「なあ、お前を見込んで頼みがある」

「なんだ？」

「射殺せず、なおかつ華をあちらに持たせることができる作戦だ。ただし、射殺より何倍も難易度が高い」

やれるよな？　とどこか挑戦的な瞳で言われて、反射的に頷いていた。

「当たり前だろ」

「良かった。サッチョウのほうから突き上げくらってたんだ。外交圧力に負けて射殺を選んだのかと国会で追及されるのは御免被るらしくてな」

呆《あき》れすぎて笑ってしまった。「サッチョウ」とは警察庁のことだ。射殺の命令は下しておいて、上の連中の考えることはいつもそんなもんだ。

高柳はその整いすぎて冷たく見えるかんばせを笑みの形にする。

「ところで佐野、成功したらいいこと教えてやるよ」

「いいこと？」

「折口《おりぐち》警部補がお前と日菜子さんを別れさせようと躍起《やっき》になっている理由だよ」

俺は目を丸くして、それから腹の底から息を吐《は》き出す。

「そいつは絶対に成功させないとな」

高柳の提案はすんなりと通り、そのまま彼の指揮で射撃体勢に入った。狙うのはダガーナイフを握っている犯人の右手だ。

頭を狙うより胴体を狙うより、よほど難易度は上がる。間違いなく肘から先が吹き飛ぶというかミンチ状になるけれど、突入部隊が救命活動をすれば助かる見込みはある。その部隊も両隣の部屋にすでに待機している。窓を突き破り突入予定だった。

窓の外からけたたましくヘリの羽音が聞こえてくる。高柳が珍しく苛《いら》ついた声で「ヘリを撤退させろ。マスコミ各社に通達」と無線に檄《げき》を飛ばしていた。

「ヘリを飛ばすなと言っているのに、わざわざ飛んでくるのはなんでなんだ」

「さあ、真実を伝える責務とかじゃないのか」

「ペンは剣より強しとはよく言う。少しでも機嫌を損ねれば、いらんことまで書かれるからな」

珍しく軽口を叩《たた》くのは、きっと俺をリラックスさせようとしているのだろう。スコープの先で犯人は何か怒鳴《どな》り立てている。ヘリはまだ飛んでいるが、そろそろ時間だ。

「人質の孫娘には伝わっているんだよな？」

「……ああ、ＯＫだそうだ」

バリケードを作られたドア越しに、ノックして交渉するふりをして、彼女に伝えたのは「弾《たま》は一発」の情報。

つまり犯人の手を打ち抜けば、軍人である彼女は犯人を取り押さえることができる。警察は射殺の責任を国会やらで追及されなくていいし、米国側とすれば華を持たされる形だ。

「……犯人も、手口がエスカレートしてきたことを思えば、いまここで負傷してコソ泥を引退するのは、やつにとってもいいことなのかもしれないな」

高柳が呟《つぶや》く。おそらく俺に対する励ましだろう。

俺は内心で礼を告げ、イヤホンの音声に集中する。タイミングは、再び犯人が手を振り上げたその一瞬。秒速八百九十メートルで飛ぶライフルの弾は、発射されるのをただ静かに待っていた。

そっと銃の腹を撫でる。

上空ではまだヘリがけたたましく旋回《せんかい》していた。

訓練所を出たのは明け方に近い時間帯だった。そのタイミングで高柳から着信がきてスマホが震える。

『お疲れ。気になってると思うから先に言うと、犯人は意識を取り戻した』

「……そうか。ありがとう」

ほっと息を吐いた。なんに対する嘆息なのか自分でもよくわからない。

犯人が助かったことに、あるいは人殺しにならずに済んだことに？

けれど次に「その瞬間」がきたら、俺はまた引き金を引かなければいけない。今日かもしれないし、明日かもしれない。あるいはもう出動がないまま、SATを去るのかもしれなかった。

SATの平均年齢は二十五歳に満たない。体力勝負の仕事だからだ。俺は狙撃手という特殊な立場だからこの年齢まで隊に居続けたけれど、おそらく来年の春には異動があるだろう。井《い》口《ぐち》は……あれは体力バカだからな。

『それから、成功報酬の話。折口警部補的に、お前が女遊びしているって噂《うわさ》が気に食わなかったらしい』

「女遊び……？　あ！」

以前に井口に言われた『スケコマシ』を思い出す。そうか、あの噂……！　舌打ちを堪《こら》える。

『それでお前と日菜子さんがすれ違うように、お前が第一機動隊に所属してないだの、本当は警察官ではなく詐欺師かもしれないだのと吹き込んだそうだ』

「マジか……」

嘆息しながら、さっきの『詐欺師でもいい』発言がどこから来たのかわかって、複雑な気分になった。

『というか、僕も日菜子さんに聞かれた。第一機動隊に佐野鷹和《たかかず》という人はいますか？　と。正直にいませんと答えたけれど』

「いるって言ってくれよ」

機動隊というのは嘘《うそ》じゃない。所属はあくまで警備部機動隊ＳＡＴなのだ。

『詰めが甘いんだよ、お前は。日菜子さんが人質に取られていたときのこと、話さなかったか？』

「え、まさか……あ！」

そうだ、首を撫でた。刃物を当てられていたあたりを……！

『やっぱりな。僕は咄嗟《とっさ》に知らないふりをしたけれど』

「悪い」

『気をつけてくれよ佐野警部補。それから日菜子さん、開口一番に付き合ってる人がいると言っていたからな。余計な悋気《りんき》は起こすなよ』

もう起こしてしまったとは言えず、ただ礼を言って電話を切る。

どうやって謝罪するべきだろうか……。ずきずきと胸が痛む。

逡巡しながらドアを開くと、とてもいい匂《にお》いがした。

「あ、おかえりなさい」

エプロン姿の日菜子が駆けてくる。蕩《とろ》け切った、信頼度百パーセントの変わらない瞳に信じられないほど安堵して、泣きそうになりながら抱き締めた。

「ただいま」

「うん」

ぎゅうっと抱き締め返してくれる体温。この人は本当にすごいと思う。

どうして俺のことなんか信じ抜いてくれたんだろう。高柳から聞いた話を総合すれば、相当怪しかったと思う。というか怪しいよな。その上に無理やり抱かれて……

まじまじと日菜子の柔和な顔を見つめる。本当に強くてしなやかな人だよな。あんなことのあと『仕事だ』と出て行った男をこんな笑顔で出迎えることができるだなんて。

「日菜子……ごめん。俺、高柳に嫉妬して、その」

「もう謝ってくれたからいいよ」

さらりと彼女は赦《ゆる》しを言葉にする。目の奥が熱くて胸の奥に何か熱い塊《かたまり》があった。

決意だ。

もう二度と彼女を傷つけない。

日菜子はほんわかと笑う。

「ね、それより、先にお風呂入る？　疲れた顔してる」

お疲れさま、と日菜子が目を柔らかく細める。

大切にしなくてはと強く思う。

決意と裏腹に胃のあたりがきゅるっと鳴る。腹減った。眉を下げると日菜子が「ふふ」と笑う。

「ご飯にしよっかー」

「うん。つか、起きてくれてたのか」

「夜は寝たけどね」

頷きつつローテーブルを見ると、小さめの土鍋がひとつ。日菜子の家のやつだ。わざわざ持ってきてくれたらしい。

「鍋か。嬉《うれ》しい」

身体の芯まで冷えていた。手を洗ってローテーブルの前に座り、いそいそと土鍋の蓋《ふた》を開ける。うまそうな白菜と豚肉のミルフィーユ鍋だった。

「うまそ」

言いかけてふと眉を上げた。これどうやって作ったんだ？

横に座った日菜子が普通の様子で器に中身をよそってくれる。

「知ってる？　横須賀《よこすか》のマンション、立てこもりがあったって」

「……らしいな」

「テレビで中継してたの。怖かったんだけど、つい見ちゃってて」

日菜子は一瞬だけ間を置いてから続けた。

「狙撃手の人も映ってて」

「そうか」

「解決してよかった」

日菜子はそう言って立ち上がり、キッチンの炊飯器から白飯が山盛りになった茶碗片手に戻ってくる。

「そのあとのニュースで、私が人質になったときの映像も使われてた。ＳＡＴが出動したって
……そのときの狙撃手の人の映像もね」

「……大丈夫か？」

「うん。あのね、私、包丁使えるようになったの」

俺は事件のこととか全て吹き飛んで、日菜子の手を握る。

「っ、どうして……急に」

日菜子が柔《やわ》らかに笑う。

「あのときも見守っていてくれたんだなあって」

「……え？」

「そう思ったらね、急に包丁とか色々、なんにも怖くなくなっちゃった。あはは」

明るくかっこよく日菜子は笑って、それから「食べて食べて」と俺を見上げる。

「結構自信作なんだから」

「っ、い、いただきます」

混乱しつつ手を合わせて日菜子を見る。

彼女はいつもどおり、柔和に穏やかに微笑《ほほえ》んでいた。

まるで春の日差しみたいに。

ぽかぽかと俺を温めてくれる和やかな光。くるんと包み込まれるような笑顔は、優しさだけじゃなく強さとかっこよさでできている。

この温かさを守り、そして常に誇《ほこ》れる自分でありたい。

俺はただそれだけを強く思う。


そうして、季節が少しだけ進んで――

俺は特殊銃Ⅰ型を手放した。

ほんの少しだけ寂しいのは、それだけ長くこいつといたからだろうか。

「ジュンちゃん」なんて呼んでやるつもりはないけれど。

「新しい主人とうまくやれよ」

それくらいの声がけはしてもいいんじゃないかと、親指の腹で撫でながら呟いた。

当然ながら、返事はなかった。


「てめぇ～さあ～、こんな運転でウチの日菜子横に乗せてんじゃねーだろぉなぁあ？」

ものすごく巻き舌で腕を組み足を組んで俺を半目で睨《にら》みつけてくる……というかこれ、メンチ切ってると言えばいいのか、とにかく威圧してくるのは、半年前に義兄になった「鬼の折口」こと折口警部補だ。俺は交通機動隊のパトカーのハンドルを握りつつ苦笑した。

窓の外は秋の驟雨《しゅうう》、この春にＳＡＴから交機へ異動して数ヶ月が経っていた。俺も折口警部補も揃《そろ》って同じ青服……と、これは折口警部補の口癖《ぐせ》が移ったかもしれない。族用語だ。明るい青の制服に白いヘルメット。

普段は白バイに乗っている俺たちだけれど、こんな天気の日のパトロールはさすがにパトカーだ。赤信号で停止した車内、助手席で折口警部補が凶悪に眉を吊《つ》り上げる。

「てんめぇ何にやついてんだよ」

「……いや、助手席に乗せること自体は認めてくださっているんだなあって」

「ぁあン⁉」

舌打ちをして折口警部補は足を組み直した。

「日菜子がお前じゃなきゃダメだって、散々喚《わめ》くからしゃぁなしに許可したに決まってんだろが！　誰が好き好んでスケコマシな上に、たかが仕事でテメェの女不安にさせるような奴に嫁がせるかよボケ」

「……ああ、そのあたりも試されてたんですかね、俺」

「当たり前だろが」

最近発覚したのは、折口警部補は別に本気で俺たちを別れさせるつもりじゃなかったということだ。あれらは俺に対する折口警部補なりの試練だったらしい。

パトロール中に俺と日菜子が一緒にいるのを見かけた折口警部補は、俺がどうやらＳＡＴ所属というのも感づいていた上で、どれだけうまく立ち回れるか、日菜子を不安にさせないかを見ていたらしい。完全に不合格なのだけれど、そこは日菜子の強さに救われた。

「猪突猛進なのはガキん頃から変わんねえなあ。狙撃手なんかになるくらいだから少しはクレバーになったかと思いきや」

とっくにバレているようだから、特にごまかさず会話を続けた。そもそも、高柳からもなにか聞いているのかもしれない。それに知っていたからといって、折口警部補は口外するような人でもない。

まあ、それはそれとして……ガキん頃？

「……俺、折口警部補と昔お会いしたことありましたっけ」

折口警部補はその強面《こわもて》の眉間に深く溝を刻む。

「ぁあん？　まさかテメェ忘れてんのか？」

「あ、いや……」

信号が青になり、俺はアクセルを踏む。

こんな凶悪な面相の人、一度会ったら忘れないと思うんだけどな。

「チッ、まあいいわ。そういやお前、異動先コーキで良かったんかよ」

折口警部補の言う「コーキ」とは交通機動隊のことだ。

「なんでです？」

「狙撃好きなんだろ」

「……別に好きというわけでは」

俺は動くワイパーに弾《はじ》かれる雨垂れの向こうに集中しながら答えた。

「俺は……なんというか、月並みですけど、人を守れる人間になりたかったんです。なので市民の皆さんと距離の近い交通機動隊に配属されたのは素直に嬉《うれ》しいです」

「ほーん。人を守れる人間、ねえ……」

興味なさげな声に苦笑しつつ、ついでなので続けた。

「俺、小さい頃に誘拐されかけた女の子と遭遇したことがあって」

「ん」

「俺はほとんど何もできなかったんですけど、その子のお兄さんが犯人にくってかかっていって。空中二段蹴《げ》りで大人倒して」

「……ほう？」

「俺、その人に憧れて、結果的に警察官に」

「オレがキューピッドなのかよ！」

「突然なんですか⁉」

俺は頭を抱える折口警部補をちらりと横目で見る。

「こんな凶悪な面相のキューピッド嫌ですよ」

「失礼な野郎だなテメェ覚えてろよ……」

ギリギリと歯噛《が》みする折口警部補を不思議に思いつつ、「あ」と口を開く。

「あン？」

「折口警部補、見てください、虹ですよ」

ほんの少しの雲の切れ間に、うっすらかかる虹がひとつ。

「野郎と虹見て嬉しいかよ……」

「そういえばひとつ報告があって。日菜子からよろしく伝えてくれと言われていたのですが」

「なんだよ」

「日菜子、妊娠しました」

「クソが！」

そう叫《さけ》んだあと折口警部補は「ああ違う、いや嬉しい。なんだこれ、この感情なんなんなんだこれ」とひとり混乱している。

そんな折口警部補を横目に肩を揺らして笑いながら、かっこいいパパにならなきゃなあなんて思ったりする。だって、あんなにかっこいいママなんだもんな。

【エピローグ】日菜子

子煩悩《ぼんのう》ならぬ甥《おい》煩悩と化したお兄ちゃんに『陽太《ようた》は見ててやるから、たまにはデートして来い』と映画館のチケットを渡されたのは、ちょうど結婚二周年を迎えた頃だった。口下手《べた》すぎるお兄ちゃんからのお祝いだろうと素直に受け取ることにした。

「面白かったね、映画。スナイパーってあんな感じなんだ。ほんとに銃に名前つけたりするの？」

「ああ、うん……あんなかな……」

鷹和《たかかず》さんが複雑そうな顔をしている。多分、実際のスナイパーとは全然違う感じだったんだろうな。なんで彼が実情を知っているのかなんて、そんなことは言わぬが花だ。

私は彼が何をしていた人か知らないふりをしているし、彼も私が知らないふりをしているのを知っている。お互い騙されたふりをし続けている。

彼のルーティーン、「頼むぞ」って感じで銃を撫《な》でる小さな癖《くせ》を初めて見たのは付き合う直前、流鏑馬《やぶさめ》あとのお祭りデートだった。

横須賀《よこすか》の事件の中継中、ライフルを構えるSAT隊員にその癖を見たときは驚いた。私の事件のときにも鷹和さんが出動してくれていたのだと気がついた私は、銀行強盗以降のトラウマがかなり改善したのだ。自分で乗り越えなきゃなんて言っておきながら、結局鷹和さんに助けられていたのだけれど……

「鷹和さん。ありがとう」

「ん？　何」

目を瞬《またた》く彼にこっそりと笑ってみせてから時計を見れば、まだ正午前。

「お昼、どうする？」

陽太へのお土産のぬいぐるみを抱っこして駐車場へ向かいながら言うと、鷹和さんが「あのな」とちょっと可愛《かわい》い口調で言う。こういうときの顔は出会ったときと変わらない。照れたわんこ顔とでも言えばいいのだろうか。

「俺からもプレゼントがあって」

「え、そうなの？」

「龍之介《りゅうのすけ》さんには伝えてあるから、少し付き合ってくれるか？」

当初はお兄ちゃんのことを頑《かたく》なに『折口《おりぐち》警部補』と呼び続けていた鷹和さんだけれど、謎にいまの職場たる交通機動隊でコンビを組まされ続けた結果、色々あったらしくこのところは名前呼びだ。というかお兄ちゃんのほうも『タカ』なんて呼んでるから、なんていうか何があったんだろうって感じだ。それにしても龍と鷹のコンビって、なんか渋めの刑事ドラマでありそうなんて思ってつい笑ってしまう。

「日菜子《ひなこ》?」

「あ、ごめんごめん。うん、付き合う。嬉《うれ》しい」

笑いかけると、鷹和さんは思い切り照れた顔で眉を下げた。頬も赤いし耳朶も赤くて、昔と変わらない感じがすごく好きだなって思う。

鷹和さんが連れてきてくれたのは、湘南《しょうなん》の海が一望できる温泉宿だった。といっても泊まりではなくて、夕方までのランチ付きショートステイ。部屋付き露天風呂がある高級旅館の離れ部屋だ。

「う、うわあ。おいしそう……!」

食べなれない懐石料理に目を輝かせてしまう。落ち着いた装いの仲居さんが嬉しげに笑ってくれた。先付けは上品な餡のかかった葛寄せ豆腐、お造りはアジや旬のお魚で、椀物には海老と野菜の真薯《しんじょ》。これだけでもお腹いっぱいになりかけているのに、八寸に焼き物、炊き込みご飯と続く。ところどころに漁が解禁されたばかりのしらすが使われているのが湘南らしい。

水物を食べ終わる頃には、すっかりお腹いっぱいになってしまっていた。

「そうしましたら、お時間までお寛《くつろ》ぎください」

仲居さんが食器を下げてくれて、私はたまらずに畳の上に横になる。

「お腹いっぱいー！　どうして温泉旅館の食事ってこんなに多いのかな」

「少しずつ出すからというのもあるんじゃないか」

「それはあるかも」

答えつつ、バッと起き上がり鷹和さんの顔をまっすぐ見てお礼を伝える。

「鷹和さん、どうもありがとう。こんなに素敵《すてき》なランチを用意してくれて」

「いや」

「お風呂も素敵ー！　さっそく浸かっちゃおうかな」

ウキウキとしながら言う私の横に、いつの間にか鷹和さんが立っていた。微笑《ほほえ》んでみせてから彼はしゃがみ、じっと私の目を見て言う。

「日菜子からもプレゼントくれないか？」

「え？　あ、わ、ごめん。何も用意してない！」

結婚記念日なのはわかってたのに！

大慌てする私に、鷹和さんはにっこりと蕩けるような笑みを浮かべた。

「何言ってるんだ？　目の前にあるじゃないか」

「目の前……？　誰の？」

「俺の」

そう言って彼は、とっても悪い顔をした。……こんな顔するのは、お兄ちゃんと仲良くなってからだ！　なんか悪影響を受けてる気がする！


「っ、ふぁ、ぁんっ、んんっ……だ、だめ、そこ、無理、死んじゃう、ダメだってばぁ……っ」

ゴツゴツと私の最奥を彼の屹立が突き立てる。ぐちゅぐちゅと聞くに堪《た》えない淫《みだ》らな水音が鼓膜を揺らす。隣室のベッドに連行され、結婚記念日のプレゼントという名目で抱かれ始めてかれこれどれくらい経つだろう？

……回数でいうと、三回目が始まったところだった。もう頑張れないという私をうつ伏せにして、背後から彼は貫いた。『寝てていいよ』なんて優しい声で言って……寝られるわけない！

「イくっ、イってるっ、止まって……！」

「はは、すごい締め付け。かわい」

鷹和さんは嬉しげに言いながらも律動を止めない。私のナカは彼のものに吸い付き蠢《うごめ》き、ぎゅうっと食いしばってうねる。そんな明らかに絶頂してしまっているナカを、それでも彼はズルズルと動く。むしろ激しくなる抽送に頭が真っ白になっていく。

「あ、あっ、あぅっ、ああんっ」

突き上げられるたびに声が出る。ずちゅ、ぬちゅ、ととろみを帯びた水音が零《こぼ》れる。それは私から溢れたものだけじゃない。彼がさっきまで放った白濁のぬるつきでもあった。

何もつけずに、直接的に触れ合う粘膜と体温。彼のものが生々しく引っ掻《か》きながら私のナカを行き来する。与えられる悦楽は強すぎて、視界が花火でも弾《はじ》けたようにチカチカしてきた。

「あ、ぁあ……っ！」

イっているのに、無理やりまたイかされる。うわ言のように、助けを求めるように、彼の名前を何度も必死で呼んだ。

「たか、かずさ……っ、イってる、のっ」

「ん、さっきからずーっとだな、すごいな日菜子」

鷹和さんが抽送を止め、最奥を切先でぐりぐりと抉《えぐ》るように腰を動かす。悲鳴のような嬌声《きょうせい》が零れ、ドッと全身から汗が噴《ふ》き出た。

「あ、ああ……」

「はは、すご」

鷹和さんがぎゅぅっと私を背後から抱き締める。ぐぐっと押し上げられた子宮口、最奥が本能に従い孕《はら》もうとうねる。そこめがけて力強すぎる律動を与えられ、私は枕に顔を埋めてくぐもった声で懇願する。

「お、願……も、無理、イってるう……！」

「日菜子、もう少しがんばろ？」

この上なく優しく穏やかで慈《いつく》しみ深い、日向《ひなた》みたいな声だった。男性らしい指先が私の唇を撫《な》で、割り入って舌を摘まむ。その間も硬く大きな熱は私の最奥を絶え間なく苛《さいな》む。

全身を彼のやりたいようにされながら、悦楽を与えこまれながら、蕩けさせられながら、胎《はら》の奥で欲が放たれるのを覚えた。

「は、……はぁ」

シーツにうつ伏せに脱力した私のナカで、彼が微《かす》かに腰を振る。違和感を覚えた瞬間には、たび重なる快楽に重く痺《しび》れている最奥を再びとん、と優しく突き上げられる。

「ん、ぁ……っ」

嘘《うそ》でしょ、と言葉にする前に鷹和さんのものは再び硬さを取り戻す。ずちゅ、ぬちゅ、とぬるついた音を立てながら再び彼は動き出す。私は完全にうつ伏せになっていて、足も閉じていた。だからだろうか、余計に彼の屹立の形がわかる、硬さが、熱さがわかる。

「死んじゃう」

「死なない、死なない」

鷹和さんが私の背中にキスを落としながら笑った。低い男性らしい、そしてどこか官能的な声にお腹の奥が切なく疼《うず》く。その疼きを彼の屹立が押し潰してくれる。弾《はじ》ける快楽に頭の中までぐちゃぐちゃで、もう何もわからなかった。

「ぁ、あ……！」

「もう少しだけがんばろうな、日菜子」

穏やかな声に確かに潜《ひそ》む執着に、心の裡《うち》が密かに喜びで充満する。

「大好きだよ」

彼が私の耳を噛《か》み、私のナカをいっぱいに満たしながらズルズルと動く。その屹立に肉襞は吸い付いて甘えて締め付ける。

とろとろに甘くて愛おしい彼の執着。

いつの間にか当然のように与えられ始めた愛情。

「ね、……っ、鷹和さん」

自然と声が媚《こ》びて甘えたものになってしまうのを自覚しながら、ふと思いついて尋ねてみる。

「いつから、ぁんっ、私のこと、好きになってくれた、の」

「ん？」

彼はふと動きを止め、ゆっくりと私の頬をくすぐる。それから焦《じ》らす動きで私から出て行く。肉襞が追い縋《すが》ってきゅうっと痙攣《けいれん》した。

「あ、やだ、抜かないで……」

鷹和さんが低く笑った。同時にくるりと仰向けにされ、足を大きく開かされて一気に最奥まで貫かれる。

「ぁぁあっ」

「いつから、って言った？　いま」

「う、うんっ」

鷹和さんは激しく抽送しながら、私の顔の横に手をついた。そうして顔を覗《のぞ》き込んでくる。端正で穏やかなかんばせに浮かぶ、ものすごく嗜虐《しぎゃく》的で獰猛《どうもう》な微笑み。

「秘密」

「え、ぁ、なんで……っ、あんっ」

下生えを擦り合わせるように腰を動かされる。濡《ぬ》れそぼった下生え、芯を持ち皮を剥《む》かれた肉芽が押し潰される。自分でも悲鳴とも嬌声ともつかない声が零れた。ぎゅぅっと私のナカを充溢している屹立を食いしばり、私は快楽に耐えきれず縋る場所を求めて彼にしがみつく。

「うう……っ」

鋭《するど》い快楽に啜《すす》り泣くように耐える。鷹和さんはふっと微笑んで私をかき抱いた。そうして、少しずつ抽送を激しくしていく。

「あ、やだ、っ、強ぃっ……！」

呼吸するたびに甘えた声が混じる。とっくにぐちゃぐちゃになっている頭の中でまともな思考は生まれなくて、ただ翻弄《ほんろう》され、涙が溢れ、彼にしがみつくことしかできない。

「鷹和さんっ、好き、大好きっ……」

ただ湧き出た感情が勝手に口から溢れる。鷹和さんは私に頬擦《ほおず》りしながら、「俺も」とか「愛してる」とかそんなことを繰り返す。お互いぐちゃぐちゃになったまま、鷹和さんが私のナカに欲望を吐《は》き出す。私の気力はもう限界で、指先ひとつ動かせない。

そんな私にキスが落ちてくる。額に、頬に、こめかみに。そうして鷹和さんが掠《かす》れた声で呟《つぶや》いた。

「前にも言っただろ？　ひと目見た瞬間から、だよ」

……それが「いつ」なのか知りたかったのに。そんなことを考えながら、私はとろんと眠りに落ちる。落ちかけた意識で、どうやら彼はまだ秘密があるのかもしれないなあなんて考えた。

でも、まあ、それはそれで……なんだか私たちらしくていいのかもしれないね、なんて思っていたりするのです。

【番外編】鷹和

「……何してんだお前」

「それはこっちのセリフです、お義兄《にい》さん」

「てめえに兄と呼ばれる筋合いはねえ！」

凶悪な面相をさらに険しくして俺の横に座るのは、最愛の妻である日菜子《ひなこ》の兄である折口《おりぐち》警部補だった。

「ちょっと、あまりガサガサ動かないでくださいよ。バレます」

「バレます、じゃねえよクソが。ストーカーか？」

俺はムッとして眉を寄せた。

「ストーカーではありません。見守りです」

「どう違うんだ。ストーカーだろうが」

「そっくりそのままお返しします」

俺は視線を日菜子に戻す。木々の隙間から見える日菜子は、一生懸命にテントを張っていた。

事の起こりは、結婚早々に日菜子が「ソロキャンプをしてみたい」なんて言い出したことだった。五月の半ばのこと。

「ソロキャンプ?」

「そう。挑戦してみたいんだー」

にこにこと微笑《ほほえ》む日菜子に、行っておいでと快《こころよ》く送り出せない自分の狭量さが身に染みる。

夏のキャンプ以降、すっかりキャンプが気に入ったらしい日菜子と時折キャンプに出掛けて染みるけれど「行っておいで」なんて簡単に言えない……

いた。ソロキャンパーの動画なんかもよく見ていたし、興味があるのは知っていたけれど。

「心配してる? でも大丈夫だよ、監視カメラとかセキュリティもしっかりしてて、温泉だってトイレだってあって、半分グランピングみたいな、初心者向けの施設を選んだから」

日菜子が向けてくるスマホの画面には、初心者も安心! との謳《うた》い文句が躍っていた。テントを始めとしたキャンプ用具一式はレンタルもできるそうで、駅からも近い。横浜《よこはま》からも一時間程度で行ける、いわゆるちょっとした山奥で、施設自体も小綺麗《こぎれい》。

確かに女性キャンパーには人気が出そうな施設だ。でも心配だ。

「テント、ひとりで張れる？」

「できるよ！」

「クマ出るかもしれないぞ」

「ここ何年も出てないって。人が多いキャンプ場だから」

「虫だって」

「鷹和《たかかず》さんとキャンプして、慣れてきたから大丈夫」

キラキラした瞳で言われた。行きたがっている日菜子をこれ以上引き留めることもできず、俺は翌週の土曜日の朝、玄関先でにこにこと日菜子を見送った。

そして必要最低限の装備を身につけ、全身にディートを塗り込んできっちり一時間後に家を出た。


日菜子がテントを張ろうと四苦八苦しているのを見守ることができる、キャンプ場のすぐ裏手にある雑木林に俺は潜《ひそ》んだ。潜むのは得意だ。一晩見守るつもりだ。過保護と言われようが心配で眠れない夜よりよほどマシなんだ。

そう思ってあらかじめ見当をつけておいた場所に向かうと、すでに先客がいた。きっちりしたツーブロック、人殺ししてないのが不思議と同僚に言わしめる顔面。普段は青服かイカついライダースジャケットに身を包んでいるその人は、今日は地味目なアウトドアジャケットを着込んでじろりと俺を睨《にら》む。

「……何してんだお前」

「それはこっちのセリフです、お義兄さん」

どうやら日菜子のソロキャンプの情報を得た折口警部補は、俺より先に現地入りして日菜子を監視……もとい、見守っていたらしい。

「ちょっと過保護すぎじゃないですか？」

「いやお前、人のこと言えねえだろ」

新緑が眩《まぶ》しい木陰に潜み、ヒソヒソと口論を続ける。茂る木々の向こうで、日菜子はテントのポールを持って小首を傾《かし》げていた。可愛《かわい》い。可愛いけどそこはそのポールじゃない。フックのかけ方が違う……ああ……駆けつけたい衝動をぐっと我慢した。それにしても、かなり本格的なテントを選んでる。ソロキャンプなんだし、もう少し簡単なやつでも良かっただろうに。

「俺は日菜子の夫です。妻を見守る義務がある」

「ねえよ。この束縛野郎、日菜子がちょっとでも嫌がったら即連れて帰るぞ」

「束縛なんてしてません。だいたい、シスコンに言われたくないです」

「うるせえ、妹を見守る義務が兄にはあんだよ」

「ないですよ」

「あるンだよ」

折口警部補の口調がヤンキーじみてきた。初見の人は泣いて撤退するだろう凶悪に寄る眉根にもすっかり慣れた俺はキッと見返す。一方で日菜子はポールの間違いに気がつき、きちんとリアポールという後室になる箇所まで設置し終える。シートを被せれば完成……なのだけれど、身体があまり大きくない上に不慣れな彼女にはそれも大仕事らしかった。

「佐野《さの》、日菜子はお前の嫁かもしんねえけどオレの妹だ。産まれた瞬間から死ぬそのときまであいつは妹なんだよ」

言い含めるような口調に、日菜子から一瞬目を逸《そ》らし、折口警部補を見る。彼は呆《あき》れを含ませた口調で続ける。

「いいかクソ野郎。個人的に納得はしてねえが、全くもってしてねえが、日菜子はお前にガチ惚《ぼ》れらしい」

ガチ惚れって。いやまあ、嬉《うれ》しいけれど。

「なに照れてんだ気持ち悪ぃな……だからな佐野、これだってお前のためなんだろが」

折口警部補はぐいっと顎で日菜子を指し示す。

「俺？」

「おおかた、お前とのキャンプで何も手伝えないのが申し訳ないとかそんなんだろ。その練習だよ。素直に言ったってお前は甘やかすだけだから」

「……甘やかしたいんですよ」

俺は日菜子の姿を見ながら呟《つぶや》いた。そうか、それであんなテントを選んだのか。

「死ぬまでただひたすら甘やかしたいです。ダメですかね」

「さあな」

ふっと俺から視線を逸《そ》らす折口警部補を見つつ、肩を落とした。俺もまだまだだなあ。それにしても、やっぱり日菜子は強い人だ。甘やかされていればいいと思うのに、それを良しとしない人だ。

「惚《ほ》れ直すなあ」

そう呟いた瞬間だった。背後から「何をしてるんです？」と至極真っ当な質問をされたのは。

俺は慌てて「違うんです」と何が違うのかわからない言い訳をしながら振り向き、立ち上がる。覗《のぞ》きだと思われたのかと思ったのだ。そして目を丸くする。

「ニシガヤさん」

「……佐野警部補？　ご無沙汰《ぶさた》してます」

振り向いた先にいたのは陸自との合同訓練で世話になった医官のニシガヤさんだった。

「佐野、知り合いか？」

「折口警部補、あの」

どう説明したものか、と逡巡しているとニシガヤさんはハッと眉を寄せる。

「まさか何かの捜査中でしたか？　失礼しました、家族でキャンプに来ていたら不審な人影を見かけたもので」

「いえ、そんなわけでは……ええと、その」

折口警部補と遭遇したため、きちんと隠れられていなかったのだ。

「捜査中ではなく、ですね……妻がソロキャンプをするというので、心配で、その」

「……見張っていたと？」

頷《うなず》くと、ニシガヤさんは苦笑したあと真剣な顔になって「わかります」と重々しく同意した。

「心配ですよね」

「！　わかってくれますか」

「はい。でも、やりすぎです。それに」

ニシガヤさんの視線が俺と折口警部補の背後に向く。ガサガサという音と一緒に、ひょこっと顔を出したのは日菜子その人だった。呆れ顔の彼女は俺と折口警部補とニシガヤさんをそれぞれ見回したあと、とても不思議そうな顔をして言った。

「……なんの集まりです？」

日菜子がひとりで張ったテントの前、レンタルし直したキャンピングチェアに座りながら、日菜子が淹れてくれたコーヒーを飲む。俺の横で同じように折口警部補も鹿爪《しかつめ》らしい顔をしていた。ふたり揃《そろ》って結構怒られたので、俺も多分同じような顔をしている。

「結局、三人でキャンプかあ。いいんだけどね。なんかちょっと寂しいなって思ってたから」

日菜子は自分もチェアに座りながら唇を尖《とが》らせて言った。

「ソロキャンプ用じゃなくて、ファミリー用のブースなんだもん」

女性のソロキャンパーは安全のため、ファミリー専用のブースになるらしい。ちなみに隣がニシガヤさん一家だった。可愛い奥さんとお子さんと楽しげにバーベキューをしている。

「それにしても、心配しすぎだよ鷹和さんもお兄ちゃんも」

そう言いながらハッとして俺たちを見た。

「なんか、最近、鷹和さんがお兄ちゃんに似てきた気がしてたの！　実は仲いいの？」

「ンなわけあるか！」

折口警部補が眉を吊《つ》り上げた。俺もぶんぶんと首を振る。日菜子は疑わしげな目線を向けてから、小さく笑う。

「でも、ふたりが仲良しだと嬉しいな。鷹和さんもお兄ちゃんも、私にとって大切な人だから」

むぐっと押し黙り、俺と折口警部補は顔を見合わせる。

「……まあ、こいつがどうしてもって頼むんなら、仲良くしてやっても」

「ですね。日菜子がそう言うので仲良くしてください、お義兄さん」

「やめろ、その呼び方、鳥肌が」

「龍之介さん」

「てめえ」

凶悪面《づら》の折口警部補を見て、楽しげに日菜子が笑った。俺も笑って、折口警部補もほんの少し、ほんの少しだけ唇の端を緩めた。

初夏の日差しが心地いい。コーヒーの香りが鼻腔をくすぐる。

「でも、ね？　鷹和さん。ほら私、テントだってひとりで張れるでしょ」

「うん。すごいな」

「でしょ？」

笑顔の日菜子を見ながら、一生俺はこの人に敵《かな》わないんだろうなあ、なんて思うし、一生惚れ直し続けるんだろうなあとも思う。

なんだかうまく言えないけれど、きっとそれは、最高に幸せな人生だ。

【主な参考文献】

『スナイパーライフルデッドオン！』ホビージャパン
『二見龍レポート#13 自衛隊の元狙撃教官が語るスナイパーの育成方法』
『陸上自衛隊Battle Records』ホビージャパン
『特殊警察のヒミツ』三才ブックス
『警察の階級』著：古野まほろ　幻冬舎ブックス

あとがき

こんにちは。にしのムラサキと申します。

このたびは本作を手に取っていただき、また読んでいただき本当にありがとうございました。

こちらは秘密のあるお仕事って大変だなあという思いから構想したお話でした。

少しでも楽しんでいただけていれば幸いです！

真面目系ヒーロー×天然ヒロインは書きやすいのと、チラッと別作品のヒーローも出せて、作者本人はとても楽しかったです。読者様のお好みでありますようにと祈っております。

また御子柴リョウ先生には素敵なヒーロー&ヒロインを描いていただきました！　かっこよすぎるヒーローはもちろんですがヒロインの制服姿もかわいく描いていただいて悶えました。ありがとうございました！

編集様及び編集部様には今回もご迷惑をおかけしました（色々とギリギリになってしまい……！　今もギリギリでこれを書いております……！）

最後になりましたが、関わってくださったすべての方にお礼申し上げます。なにより読んでくださる読者様には何回お礼を言っても言い足りません。

本当にありがとうございました。

ルネッタⓁブックス

カタブツ警察官は天然な彼女を甘やかしたい

2023年11月25日　第１刷発行 定価はカバーに表示してあります

著　者　にしのムラサキ　©MURASAKI NISHINO 2023
発行人　鈴木幸辰
発行所　株式会社ハーパーコリンズ・ジャパン
東京都千代田区大手町 1-5-1
03-6269-2883（営業部）
0570-008091　（読者サービス係）
印刷・製本　中央精版印刷株式会社

ISBN978-4-596-52930-5